月光的锈迹

于波心诗集

于波心 著

南方出版社·海口

目　录

星星是一种修辞

仰头所见，所剩无几，一颗银杏

不会嘲笑另一颗，寒冷、清贫。

枝上仅存几颗，银杏果实

冷得发紫，紫得发酱，像一种修辞。

挂在枝丫上的风，有些不忍心

所以吹向树尖更高的空巢

像一些空吹向空，一些冷吹向冷。

人世寂寥、荒谬，冬日更甚。

至夜，一灯如豆，摇曳生幻

漫长的一生，像星光的针脚缓慢地落地。

每念及此

不免悲从中来，不能自已。

黑暗的天幕里写满了

孤独的天书，阅读的人在天上

星星是他翻书时，不慎遗落人间的

一种修辞。

惯性

每年都会想起

雨中弃舟上岸的人

撑着一把绛色的油纸伞

柳编手提箱

在杏花旗袍小腿的侧面分叉处

来回摆动

春色渐趋迷蒙之境

一只白鹭掠过

三十年代的芦花丛

在我案桌的檀香里敛翼

旧事物在每一次的洗涤中

保持缄默的光亮

鹅卵石圆滑似镜

捣衣的女人变成了一条鱼

民国的师范生

嫩黄的柳编箱

捣衣的女人

在流水的錾刻下

在时光的摩崖里

菩萨般重生

她是我的祖母

每年春天的细雨中

她在元坝镇的古码头

弃舟上岸

向人打探

一个名叫跳墩子的小学堂

夜行记

漆黑的夜色正在为陷身泥沼的

眼睛翻阅。树林和远山带着自身的漩涡

像未知的神秘的湖水奔涌

天宇的星光挂在耳边

陈述的是亿万光年的事。像遗忘的真理

一旦记起，就成为破裂的泡沫

时间的路径如此盲目而迷人

因为无知的欣喜，我带着自身的漩涡

在梦境的幽暗的河床上

探险，像溪涧一样，狭窄地流淌

静物

我几乎不能原谅：月光的照耀
像是撺掇
茶杯生出紫烟、苹果发出幽香、鸟巢落下影子
像事物有了袅娜的想法，挣脱了自身

我不怪月光：这些白天安分守己
静如处子的事物。晚上
上帝也不能剥夺它们
跟我一样的，做梦的权利

半山逢雨

人鸟何异？突然的雨水像一场意外

来到半山。皮肤和羽毛都狼狈

都被打湿。而雨伞

和鸟巢，在遥远的地方

置身雨外，心怀内疚。我的后悔

在不上不下的地方，开始怀念一把出门的伞

鸟没有后悔，鸟从来不会把鸟巢

像羽毛一样带在翅膀上

夜行者说

路过河坝，在漆黑的镜子里看见

游鱼和水草捻着青色的胡须

比月光更忧郁的面孔像偶尔的鸟鸣

一闪即逝。长庚星挂在天穹

像一只孤独的巨眼。墨云翻卷

如悲伤吹凉河水。一些响动

来自水底，有些骇人。我蓦然想起

一个沉沦水底的走投无路的小孩

这么多年，恐怕早已化身为鱼和水草

也长出了中年的髭髯和忧郁的面孔

报纸

那时天空下着蒙蒙细雨的银色纽扣
锁紧悲伤发炎的伤口
记忆孵化羽毛。雏鸟在蜕皮的桉树上
一次次地射向天空，又像一枚哑弹
一次次地落回人间的窠臼。四月
雨水錾刻的路径抵达人心，多年后
野草将长满每一个回忆者的故乡
出租房像雨水中发出霉味的
黑木耳，陈腐的记忆让它疲惫
雨靴和开水瓶置于床底
通俗小说和杂志码在床头
都在等一个人从一张报纸的灾难报道中
脱身。那时卡式灯泡的钨丝偶尔熔断
摇一摇，就可以连接上，继续放出光亮
花瓶里塑料红花被等待褪色
蜂窝煤炉上锡壶像哑巴，嘴里衔着黄连
你望向窗外的小路，仿佛有脚步声

你跳了起来，有几次推开门

新闻变成了旧闻。一场车祸

仿佛眼前的雨水，从天而降

你在希望中缝的那则寻人启事，永不失效

那个人只是跟命运开了个玩笑

当他看到后，很快便会在一场雨里返回

边界

云居山笔架的凹陷处
一支如椽大笔，其实是一棵苍松
虬枝的剑戟
刺向虚空。每一次击杀
伴随松针簌簌的锈迹落地

枝叶的翡翠伞盖，其实是
一团饱吸时间的海绵
稍稍用力
挤出苔藓、鸟鸣、雨水
云朵、星光、闪电

一块山凹苍松的界碑
是一座山的栅栏

云居山把它安放于此，自然
有它的道理。傍晚在此打尖儿

与一只松鼠

迎接第一缕晨曦的人

怀揣命运，继续趱行，走向远方

忍冬

雨水的滴漏在夜半的绸缎

绣出半明半昧的时间图案

未至天明。春天的气息已然浓烈

在一首诗里消失的人

坐在时间的背面，看不到脸

我在黎明尚未苏醒时

提前睁开双眼，从梦里走出来

一身灰色碎屑簌簌掉落

雨水的空降军团突袭了

春天雷声里的箴言

雨水乱码的青春气息，多么迷人

消失的人缓缓地转过头

窗台上忍冬细密的枝叶

露出筛子的微孔，筛出破碎的光影

一个消失的人在雨夜回来

她多么小心，修复自己像修复一件

时光中破碎的瓷器

她多么羞涩和迷乱，像

一株植物把从前开过的花

又开了一遍

白鹭

白鹭在芦花的云榻假寐

一座山带着夕阳燃红的铁屑

走进它萧索而虚掩的瞳孔

柳枝在晃荡的幅度中

测试时间的柔韧和张力

黄昏簌簌的余烬

被抛向一江流水的空白之境

流水因呼吸困难

而不断有鳑鲏鱼

跃出水面，反射出明月似的鱼肚白

像秋天的测温计，反复探进腋窝

它瞳孔收缩，鼻孔翕张，看见并捕捉这一切

在一首诗里，它迅速伸直

蜷起的一条腿，一动不动

等一阵意象的风

挂在黑夜的月亮

露天电影结束后，顺着剧情

我们往回走，逐渐演到高潮

火把像剧情

一波三折中的叛徒，半路出卖了光明

我们卸掉戏中的身份

回到黑灯瞎火的

忧惧不安的叙述之中，一路磕碰

在记忆里摸黑潜行

在半山坡的转角处

突然看见有人举着马灯，一团

橘黄色的光亮，从山上飘下来

像漆黑的夜幕上

豁然高悬的一轮黄铜月亮

我们一下子欢呼起来

呼吸粗重而短促，向山上跑去

像历经艰难

胜利会师的两支队伍

草中间的蚂蚁

晚晴的霞光

在草叶上一滴水珠不停的滚动中

折射出一只蚂蚁的惊惶

一场雨水

像飞来的一场车祸

辗扁了一只蚂蚁的命运的轴轮

一个小时前

它应该跟我一样

在草林的摇床上，双手枕头，看蓝天

白云，甚至有过写诗的冲动

事实是

一只蚂蚁困在原始雨林里

举步维艰，一个水洼

构成了命运不可逾越的汪洋

我并不比一只蚂蚁高明

以前在诗歌里

我喜欢赞美的宽敞、明亮

如今，在生活的现场

我用克制与悲伤，自始至终

保持一首诗的狭窄和暗影

石头里的鱼

允许蜗牛肥硕的肉身
缓慢蠕动
以石上的一线黏液痕迹
兹证时间的蛛丝马迹

允许晚霞，在西天撒网
捕捞人间流水
允许夕阳，把黄昏
安置在一块石头上

允许傍晚，一块石头
回到前世，身体慢慢地液化
渗出海水，允许一些鱼
开始复活，走出石头

它们抖落浑身的鳞甲
和鳍须的石屑

冲出时间的窄门

在月光下，游向大海

一片叶子的未来

"蛐蛐的钢琴记录过

一段春日里的美好时光

瓢虫提着七颗星辰

照亮我怀春的绮梦

我见证过两只蜂鸟

的完美爱情

也见证过空巢里

一只失孤的雀鸟的哀鸣"

一片树叶向我娓娓

讲述起它的身世

它青梅竹马的伙伴

在与它共度短暂的

快乐时光后

早已下落不明

那些仰慕者和追求者

也逐渐销声匿迹

"我也不可能在这个秋天

独善其身

我已浪费了太多时光

度过了无意义的一生

记忆比死亡更让人憎恶

而我已厌倦"

它叹了口气

眼神黯淡

它衰老而被虫蚀的手指

抹向眼角的一滴

缓缓坠入黄昏的泪珠

在一阵秋风里

我也像一片树叶

情不自禁地

打了一个寒噤

海上的风

波浪不断地向我涌来
时间的花
重塑和破碎
每毫秒、每微秒都在发生

我的头发红树林般
在海天的巨大的留白中
火炬般燃烧

落日点燃的
我头颅的孤岛
像一星渺茫的渔火
蚀刻着流水的皱纹

手机镜头无法定格
海风在安抚孤岛一样的
一个人的莫名的悲伤

月光也没辙

当它面对

一个人眼睛的炼盐场

——那汹涌而出的

无垠的霜

繁花

蔷薇的记忆爬满了旧阳台
的空白时光。伏在书桌上的
一摞信札突然想起，有一束光打在
鸟鸣婉转的清晨里。窗外传来
一个女孩银铃般的笑声

你很想回一封信，从很多年前
一直到现在，却迟迟没动笔
蔷薇开过很多次
像命运
在你的身上轮回过很多次

缄默

屋檐落下雨滴，缀珠成线
一针针缝纫绵软的时光
西厢房，纺车的轮轴兀自转动
喜鹊飞出花窗
在梅枝筑巢

远山在视线的尽头消失
水洗的石板路走向码头
离去的人
没有回来
鸢尾花枯死在漫长的等待中

我站在时光的流逝里
看见这些旧事物脸色青灰
它们关闭了
喉咙里的弹簧片
让一个往事的打探者
碰了一鼻子灰

春山行

我们交换过绮丽
明媚的酡红不断地碰撞视力的盲区

我们也交换过内心的悬壶
一壶书卷气和一壶香气，惺惺相惜

你向我演示云雾的美妆术
山泉的净化术、松鹤的悬崖术

我们也同意山里的桃花和杜鹃花
比山外的更加清丽可人

我们也喜欢单眼皮的春茶，雀舌
似一道绿闪电，在我们的唇齿之间炸裂

有些迷途，请你替我条分缕析
有些坐标，请你替我修正

比如深山绚烂锦簇的辛夷花

你只让我远观

沿途俯首即是的桃花和松脂

你让我深嗅其香，你让我折一枝，别于鬓角

云居山的春天

得承认自然时序的造化之功
得承认春风不是刮骨钢刀，但有丝竹之韧
得承认流泉亦非穿肠毒药，但有佳酿之绵
即使是云居山般刚毅的金石男子
也有把持不住的时候，我亲见他
一点点地解开铁衣银甲，卸去警戒之心
一点点地松弛温润，露出柔软如玉的肌肤
和书生般斯文典雅的气质。我甚至看见他
换上了江南般的青衣绿帽
腰带和领口，也开满了迫不及待的杜鹃花
和桃花。我知道只有这样
才配得上这春天般的好女子

时间是一片落叶

你听见了
雨水淋湿的一声青翠鸟鸟鸣
在一片落叶的操场骨碌碌地打滑
的窘态，忍俊不禁
的笑声

你甚至看见了
一片落叶体内的万千条涓流
错综密布，彼此贯通
奔涌入海的孤勇

踩着沙沙的落叶
你感受一片落叶承载的时光
像一只羽化的蝶

从身体里
破茧而出

时光的雨水

野豌豆和木瓜沿着

一截枯木的云梯往春天爬

眼睛隐含一段脉脉流水

搭棚架的人

在昨天的水烟的咳嗽声里起身，用竹竿

捅厢房上松动的瓦片

雨水漏下来，来自屋檐的滴答

和乱码的针脚的滴答

木盆、水桶、瓦罐

盛不完，遗忘和记忆的沙漏

也盛不完

竹林的布谷鸟叫第一遍之后

清早放水

暮晚归来的人

突然出现在我的面前。整体湿漉漉的

柳条上，一串活蹦乱跳的稻花鱼

正滴滴答答地

渗出时光的雨水

透视一座城

一个人可能是，也可能不是

一座时光中的南方小城，他经历了

迥异于自己的人生。一座城三十年后

摇身开出时代的繁花，也让一个年轻人

从局促的茫然变成整体的孤独

他目睹古城墙与钟鼓楼的坍塌

和拆毁。一座城的衍变在一个人的命运里

每分每秒都在发生。贩夫走卒

引车卖浆者是这个大时代

演义的普罗大众的生活真相

像三十年前的那个年轻人

摇身一变，成为一个写诗的人

他从未想过，生活的再教育

让自己像让步于市场的古城墙

和钟鼓楼，在拆除多年后

又通过顽强的写作与阅读，一点点地

在身体里修复、垒筑，成为另一座城

原野、落日和黄昏

落日塑造黄昏

黄昏模仿山陵河流，呈疲软之姿

如何厘清黄昏与落日

的关系和逻辑？原野没有答案

坐在地平线上的人

与永恒之物对视，怎能不忧伤？

如果夕阳拉下闸刀

如果流逝是一种黑暗

我的身体里还剩多少光明

在第二天早晨醒来？

空杯

大卡车在爬坡，很快隐入白云

我在一个垭口，想象落日

是一个无限空杯。有人进去

有人出来，有人挂在杯沿

像半滴露珠，晚风吹散了

一个熟人的半张脸。群山摇摇

晃晃，向杯口聚集

植物是不断走动的墨色尘烟

河流解开峡谷的石索

向落日奔涌。天黑下来

万事万物着急忙慌，簇拥

在一个杯子里。在墨色里起身

风吹走黄昏的衣衫

神举起杯子，晃了晃

杯壁发出丁零当啷的回声

像时间无助的呐喊与挣扎

旅行者说

水杉树卷起裤管

在暴雨中往高处奔跑

沉积岩咬紧腮帮，以自身的强硬

粉碎雨水的汹涌

半山腰的废弃木屋里，我不是惟一的避雨者

一只流浪狗蜷缩在墙角

身下一摊水迹

映射出命运的怵惕和战栗

窗外的旷野，荒芜被一道闪电

划燃，像突然的雨水

从四面八方，向我

这具存放于人间、疲惫

衰老、蒙垢五十年的皮囊赶来

我拿出面包和矿泉水

生起一堆柴火

在一个饥寒交迫的傍晚

我和一只狗

像丧乱时代的

两个避世者，同时听见了

皮囊滴水的声音，灵魂因烘烤

飘出了哔哔烧焦的羽毛青烟的味道

宝顶山记游

我感觉身体的沉积岩
也密布大小不一的摩崖洞窟

有人用錾子日夜叮叮当当地
在我的身上雕琢

寺庙和佛，雀和仙鹤
几经毁建。老松枯荣各半

站在山顶，身体不断有石屑溅出
有一些佛，正在胸口成形

雨水

雨声杂糅两个农村妇人的喁喁私语
包括芝麻绿豆的事。雨声是一种虚掩
窗户上的旧报纸里有人落水，沉溺在
时间的江河。有些过去预言了现在
我笃信缘起。雨是一种伏笔，在转折处
暗示陡峭的命运轮轴开始运转
木门开着，门闩因无所事事
而专注檩上蛛网展出的
一只蚊蚋长腿细微的摆动
她们在我的雨水里交头接耳
雨水调大了她们的肆意和音量
我在恍惚中听见檐角的鸟鸣
我湿润的记忆淌出雨水
两个妇人的谈话像雨水撒向大地
我觉得，我应该是一个瓦罐

籴粮

混沌的记忆拥有一个

混沌的黄昏，夕阳给远山

的帽檐镶了道麦黄色花边

烟囱冒出一团一团的烟雾

像儿童越吹越大的白色气球

喜鹊和乌鸦从一个枝头

跳跃到另一个枝头，它们的叫声

跟忧喜并无太多关联

从五十里外的集市籴粮回来

满满一车粮食，经过一天的辗转

奔波，跟我一样，由清晨出门

的兴奋，变成回家的沮丧

天很快就黑了，爸心事重重

一言不发，看着低头赶路的牛

叹了一口气，举起的牛鞭

始终没有落下

铁路桥

铁路桥低头走进黄昏之际

江水轰鸣着流过桥下

喉咙仿佛被掐了一下，变得沉闷

我们沿着轨道，沉默着数枕木

在往事里走了几个来回

直到晚风上场，远处渡轮

拉响的汽笛

惊落了眼中红血丝似的夕光

遗忘来得如此之快

我甚至想不起路旁的夹竹桃

开的是白花，还是红花

当一列呼啸而过的火车

一节节地经过我们时

我能感受到铁轨

传递给我们的战栗，带来了
不由自主的悲伤

以及桥下隔着
二十米高空的江面，江水的喉咙
仿佛又被掐了一下，巨大的轰鸣
变成呜咽

三月

我还在记忆里打水。

井里的水雾和清晨的迷雾

隔着一个咣当的木桶。

布谷的脆嗓，在竹叶上

和露珠一道，滚来滚去。

我一头雾水，一脚露水，背着一桶水

穿过三公里的童年，穿过桃花盛开的果园。

桃花没有给我惊喜

还有一段负重的路途

沉浸在现在的回忆里，难以脱身。

倒是跟在身后的小花狗

殷勤地摇动尾巴，欢天喜地

追着一只花蝴蝶，拐进三月。

像青草一样呼吸

群山依然感觉胸闷
在冰雪完全融化之前

杏花的绽放在迟疑
的雨水中明亮起来

山麓上的一个圆丘覆满
葳蕤茂绿的青草

风中波浪曲线一样起伏
像他获得解放的呼吸

只有墓碑文字坚硬、窒息
提示他死于一场矽肺

独坐

时间的蚁足在梅瓶

的插花簇集，一枝樱花

脱离树干，在想象里盛开

或者凋谢，跟在季节里

有何不同？室内绿植

脱离实际，回到理想国

天堂鸟守绿，北美冬青

守红，绿叶和红果日久生情

脉脉相顾，像两只宠物

陪伴一个孤独的人

诗歌让肉身也轻了

定律和公理也变浅薄了

回忆太多，茫茫深情一无用处

无用的深情，应该被虚度

窗外的雨水在念旧

沉浸在去年的此时，不应该

被梅枝上的鸟雀打扰

万物都应该有某个时辰

被用来虚度或冥想。彼时

我应该在一壶春水泛舟

茶汤驯良，金黄。跟今日一样

我身体里的江南三月

莺飞草长，杂花生树

离去的人，没有悲伤

瞬念

雨水携带一座山敲门
友人在山花烂漫的春光里
抱琴归来

一瞬的想念像是一生的欢愉纷至沓来
几乎在一念之间
我完成了一幅春山访友图

山花是一枝贴梗海棠，斜插梅瓶
在冥想中完成了绽放

坐在书房
我是那个抱琴归的古人
在茶香的静念里起身
刚奏罢一曲高山流水

平衡和填充

黄昏满上来，时间大面积溃逃。
回忆端上来一大盘果馔，藜黑，皱缩
时光的蛀虫
啃噬了鲜美的果肉。

秋天在落叶中加重。衰老、思念
浑噩、遗忘，一个人的晚年症候
毫无办法。

时光的砝码在倾斜，流沙
成眼中霾，脑中梗，血中淤。

脚步蹒跚，影子每天踩着
残阳细碎的余光，遛一只
名叫孤独的狗。

每一次回忆，都是逆旅犯险

都是一次

平衡和填充

漫过脖颈的黄昏

和她离开后的空白。

春风吹

奔跑时，时间带动了风
芽孢绿眉绿眼

山上的石子总有下山的理由
现在又多了一条

风带着一座山走下来时
我在小院里，添了件外套

看垂丝海棠开红花
它打开蓓蕾的样子

像分娩的母亲
溅出鲜血，痛苦又幸福

人来人往

桥下车来车往，过街天桥上，阳光
为一个流浪艺人的衰老、疲惫涂上
一抹暖色。橘色的流浪猫
亲昵地蹭着他的牛仔裤裤腿

直播的女孩，展现极尽的妩媚
屏幕里人来人往，弹幕横飞
熙熙攘攘的一大波流量
打赏的人在字幕里飞来飞去

我承认她在滤镜下的青春美貌
我是残忍的，拒绝了她请求我
点亮粉丝灯牌的小要求。我蹲下身
把一张纸币，放进他脚下的琴匣中

冬日，邂逅一群狍子

大雪铺满了混交林和针叶林。失措的蹄子
惊扰了雪下的蕈菇和苔藓。屁股上绽放出
一朵朵巨大的雪花

在迅疾的奔跑中，它们突然停下来
集体转头望着我
带着好奇和噗噗冒出热气的鼻息

雪原之上，松针和着鸟鸣扑簌而下
仿佛天籁之音。流水停止了呼吸
其实我什么都没做
我只是站在原地，没有怀揣陷阱、围场
和捕兽夹。我可能只是没有礼貌地打扰到
一群森林里的草黄色的精灵

它们长脖高昂，齐刷刷地回望
狍蹄也变得安静

我看见它们的眼神，清澈、干净

天啊！它们向我走过来了
婴儿般的纯真和
同志般的信任，融化了一颗俗世里
日趋坚硬的心肠，让我情不自禁地
流下了人类的眼泪

谒贾岛墓

颠沛流离的一生
该怎样书写，才会按下
心中的意不平？时间早已说明一切

其实早不重要了。风化的摩崖
文字落拓，破败，像一个人掌纹曲线的走势

命运交给山麓的野棉花
可以媲美长安的牡丹

这是对的，再愁苦的人生
终归有个明丽的去处

这也是对的，时间推陈出新
松针落了一地，罗汉松冒出红芽

半山的云雾隔着千年的松涛

递过来下午六点的鹤鸣

我和落日站在一棵古松下
推敲千年诗歌的门

初春

春天未必就会给我好脸色

大地还未缓过神来

故人音信寥落，亦未在一封书信里

言及梅花或樱花

麦苗满眼懵懂，伸手揭开雪盖头

它承受了与之年龄不匹配的孤苦

寒冷夜为霜，昼成雨，风是游魂

惊雷是天上的不平事，炸裂人间

金盏菊点灯，金黄嗫嚅，光芒有限

伯劳鸟的鸣叫反复试探人世

春天是一个发物的季节

大舅娘的旧疾如新芽拱出躯干

剧烈的咳嗽之后，苍白的脸上

泛起阵阵潮红，像桃花在春天里

获得了人间的广泛赞美

川藏线上

在三月的川藏线上，山川清贫

春天来得迟一些，冰雪融化得缓慢

暗冰和雨雾让国道上的车辆

小心翼翼，心存警戒。草原上

格桑花和狼毒花暗吸一口

丹田之气，在为绽放蓄力储势。

其实每一座雪山，都有一个神的名字。

每一个海子，都是神的泪滴。

其实神灵护佑的高原，依然有

低处的悲欢离合。一只流浪狗

尾随我们在折多山的停车区

绕着汽车和我们转了两圈

最后失望地离开。它那苍凉的眼神

像几片折多山的雪花，在我们驶出

服务区好久之后，还黏在后视镜上

顽强，不甘，反射着

雪山的寒光，怎么也不肯融化。

早市

起早的鸟簇集在一棵大树上
摆摊设点，贩卖熹微的晨光。
人间的烟火在铁锅鼎沸
馄饨和饺子的气泡掀翻市井的锅盖。
路边摊，胡辣汤对偶肉夹馍
街边店，羊肉汤起韵油煎果。
讨价的大妈问好还价的阿婆。
高枝的苹果毗邻低处的白菜。
在元坝古镇，吃罢早餐
我提着一块热气腾腾的豆腐
两棵眉眼翡翠的莴苣，从上街逛到下街
像小清流河携带水族、灯火、晨曲
经过唐宋，穿越明清
从朦胧走向明晰，从抽象
走到具象，从熹微之拂晓
走到东方之既白。

春日秘境

南麓北麓皆可逶迤而上
石梯和索道检测出
古老脚力的耐心
和机械的取巧心

春天在古辛夷树和古木棉树
灿若云霞的花海里
盛大回归。鹧鸪和鸣鹿
在溪水边彼此唱和

一夜春雨。子规声声
染红了杜鹃花海
流云和飞瀑是丹青妙手
寥寥几笔，就勾勒出
一幅青绿山水

朝阳和晚霞，每天两次

给它镶上金色的蕾丝画框

明媚地

挂在春日的山顶上

每天上山、下山的人，有两次

幸运地

成为画中人

空山

之所以空，是因为
秋搬走了些，冬冷缩了些

之所以无色，是因为
悲伤看不见，摸不着

之所以无味，是因为
人间感冒，让一座山鼻塞

春天，我携一处桃花源
来空山定居

旋转的黄昏

站在故居的大黄桷树的浓荫下

我有些恍惚。

夕阳不断地变幻色彩和形状

有时是石青磨盘形

有时是翠绿筲箕形

有时是灰白牛哞形。

我看见另一个我

坐在院坝玩石子

一颗石子抛掷在空中

四十年没有落下来。

祖母往灶膛里添火

烟囱里冒出的袅袅炊烟

只有半截，另半截不知所终。

祖父刚把一桶清水倒进石缸

另一桶水在腿脚边

温柔地望着他。

缸里茄子、丝瓜小舟般

在吃水线上上下浮沉。

时光沉入黑暗的漩涡

旋转的黄昏

像一个巨大的时间黑洞

在我清醒的须臾，吞噬一切

只残余些念旧的晚风和尘埃

影影幢幢，形成眼睛的飞蚊症。

石头是一座山

作为山的构件单元

一块石头永葆一座山的沉重

与沧桑。它案桌耸峙，终日

与书籍笔墨为伍。一身豁达、耿介

和绿林之气，渐渐杂糅

书香之气。

当我打开台灯

灯光是它的日出，当我吸烟

烟雾是它的云霞，一盆仙客来

是它的春天。

我是它山脚下仰望的

观景人。我常常用它压住

生活的轻浮、癫狂、嗔痴

以及内心的鬼魅和绊脚的小人。

当我提笔时

作为镇纸，它镇住一些文字

的蠢动，让一些念头不敢

轻举妄动，让一首诗歌饱含
一座山的沉重与沧桑。

反光

流水的玻璃镜面，又一次看见我的衰老
像黄昏降临。浅表的小鲤鱼和
小虾米，像烟火人间，生生不息
像一些生活的表象，给临溪的人
以蠢蠢之心窥探时间的奥义。
深潜的鱼，沉舟般肉眼不可见
需要动用遐想，借用一块石头
的动势，才可以打捞、搅动
时间的静默与流逝，才会有一些反光
泡沫般从水底潜出，尽管虚弱、渺茫、破碎
它仍然是遗忘之外的一部分
为昏聩的眼睛所捕获，成像为往事的拾遗。

暖春辞

比如牛卧新草，身上落满桃花

比如天空放出鸟鸣，什么鸟不必分辨

比如在清晨，拉开窗帘

一轮红日就跳到掌心。中午阳光

打在身上，一壶春茶，和躺椅一起

发一会儿呆，看一本什么书

写一首什么诗，并不重要

这都是春天温暖的小事。走出户外

迎面碰上许多踏春的丘陵和溪流

我不能一一叫出他们的名字

这不影响我写出来，成为一首温暖的诗

馈赠于你——我在春天邂逅的陌生朋友

在枣子掉落之前

黄昏在不断地修改
枣树和影子落在人间的夹角

暮归的祖父，放下锄头
坐在树下，吸着水烟
古铜色的脸庞
布满树皮般沧桑的纵纹和裂纹

夕光照得他熠熠发亮
一树青果也熠熠发亮、发红
在晚风中骀荡
树下浓密的影子
漾来漾去，发出风铃般的叮当声

几只红胁绣眼鸟
绕着枣树和祖父
起起落落，它们也有觊觎之心

在枣子成熟掉落之前

它们像斜在西墙的

爬梯和木棍

每一天都在暗下决心，跃跃欲试

做好采摘的准备

月亮是一张网

在小区里顺时针散步，身体是
一座衰老的花园。毗邻的楼盘
开工半年就成为烂尾楼
主动跟我打招呼的夜摊老人
他那遭遇车祸的儿子，已卧床五年
命运总会出其不意，在脑门上
狠狠地砸下一个栗凿，把我们打蒙
又给活着一个莫须有的名分
让人们卑微如蝼蚁，顽强如野草
庭院的银杏正在不停地落叶
它身上的好时光，也落得差不多了
我在他们中间，不算老
也不年轻。月亮在我的鬓角
落下斑驳，明暗交杂的霜雪
我收拾起一颗侥幸之心
放下抒情和感慨。在月光下
我是一条被命运拍到岸边的鱼

纪念一株植物

一株从前的植物

还在记忆里生长，它高过楼阁

高过童年的星辰和梦想

把头和手伸进我的窗棂

在春天，它似锦的繁花里面

有一座神奇的鸟的城堡

放学后我会爬上长长的木梯

去拜访它那神秘而古老的王国

后来，有的鸟带着一个人

的隐秘的命运，远走高飞了

后来，暮归的牛哞

把月亮挂在树梢的招摇处

祖母提着一盏马灯，站在树下

如果那人一直没有出现

她就一直眼巴巴地在时光里等下去

今天路过林圃，看见一棵棵

挂着点滴，缠着绷带

杵着三支拐杖的香樟树，

在吊车的轰鸣声中

拔地而起。这些伤痛的植物

再也回不到故乡，像另一个我

午后的空白

风雨带来强降温蓝色预警
室内小股暖流，空调嗡鸣声里
吊兰和绿萝被催眠。沙发是橘猫的取暖点
而我觉得回忆是一处更好的取暖点
普洱是一条捷径，发呆是另一条

现在，我想对你说的是：一整个下午
我坠入巨大的虚空、恍惚和迷离之中
透过窗格，风吹乱的雨水像一团绳索
把我胡乱捆缚，押解记忆不断地往回走

在时光的空白之处，往事一件件地
悄然回转，正在奇妙发生。在逆时针
的钟表指针上，我经过了从前的我
像沙子回到了沙漏，命运回到出发点
你回到秋天的一片落叶

又见雪飘过

山上住着记忆中的人，小县城住着
我爱过的人。我老的时候
你依然年轻。我看见走失的树木
和白云，又从四面八方回来

那时牛哞是一件古老的乐器
蜗牛是一座神奇的殿堂
冬天溪水封冻，水车闲置
仿佛时光凝固的一件摆设
我赶着一群羊来看你
多年前的信件还压在箱底

昨天楼顶天台，旧雀燕挥之不去
竹竿上的几件衣裳
还在记忆里滴水，冒出汩汩寒气
遗忘逐年增生，回忆
的苍耳生出密集的刺钩

今天我坐进深夜

不顾窗外寒风呼啸，内心大雪纷飞

铺一张宣纸，重新为你写一首诗

你在南方的小县城读到之时

正是春暖花开，草长莺飞

遇见梅花

小沙弥推开吱呀的庙门
韦陀金刚脚下的红梅
堪堪地在雪地
开了几枝

喜鹊近水楼台
比我先嗅到了花香

流水隐到了时间之外
封冻之后，侘寂是它的另一个别名
山是放大器。空灵
被孤独放大。时光吸纳一切
又吐出一切

我相信一颗世俗之心，被反复擦拭
变得明亮。我看见梅花的莲台上
佛陀三千，法相庄严

我承认肉身沉重，拖累了
灵魂。在蒲团上
我缓缓地坐下来，皮囊委地
内心的菩提
生出雪花的绒毛

月亮是一口深井

破瓷盆种上葱蒜，它的破损

马上有了新的用途。祖父说

在老家，每一件物什都被物尽

其用。风车分离出粟米和糠秕

粟米养人，糠秕饲禽，禽粪作肥

在老家什么都不会被浪费。乡亲们没有时间

讨论活着的意义，他们信奉土地和自然

日出作，日落息，求三餐温饱

把土地上长出的一切视为亲人

他们敬畏神灵，把天上长出来的东西

当作神的恩赐。他迷信月亮

是一口深井，当他老去时，他会沿着

深井的阶梯登上天堂，化成一缕星光

一株早开的梅花

一条覆盖杂草的荒芜小道
把我引到这里——一片破败的水塘
回忆的镜面反射出逝去之物

我依次地从里面掏出：旧时月光
流云飞鸟、白墙黑瓦
在它的眼睛里，我看见了我的
白发枯槁、废词残句和不可示人的诗篇

绕塘三遍之后，我慢慢地喜欢上了
这片水塘，可能是它破败的深沉
和冬天的忧悒，像一位思想家
也像一位隐居山野的落拓诗人

也可能是在它之畔的一株早开的梅花
发出的清香，让我对自己深信不疑
的衰老和冬天，产生过一丝动摇

江岸

流水有水落石出的真理

霜雪举起白色的焰火，燎原之势

从江水到两岸，从天上到人间

电线上裹了一层冰霜

仿佛纸包住了火。寒冷不再是

一个抽象的概念，而是有了可触

可感的音容笑貌，像一个游魂获得了

蛰居的肉身。那些隐在枯水期的岩石

长时间地思想裸呈

让它的体表生出哲学的鞭毛

和墨绿色的地衣。流水和北风

扯着漩自脚下经过，它无动于衷

江心的一叶扁舟，舟上的一个垂纶者

像岸边的一棵古老乌桕的高枝上的，千年乌啼

不曾啼落的一片红叶

鲜红亮丽，惊心夺目

像在众多霜雪的白色焰火的围剿中

突围而出的一束红色的火焰

江边

苇花胜雪，漫无际涯
像白云落在江畔；像老年
把他抛在黄昏的水岸。鸬鹚
和鹳雀在眼前犹疑地飞
羽翎上还挂着迟暮的水汽
流水弯弯绕绕，象征曲折的一生
风左右摇摆，被漫天的苇絮降解
一个人伫立江边，余晖投射出
他衰老的侧影，像座欲坠的宝塔
他勉力镇住兴妖作怪的伤痛
大半生的风雨和经验重塑他
又损毁他。江水绕脚下而过
往事像宝塔飞檐上的铃铛，生锈
喑哑，仿佛被遗忘
只有流水带来黄昏，往事
和回忆的铃铛挂住夕阳
他才感觉到时间的铁锈簌簌
和肉身菩萨般的悲悯与虚无

阳光推开木门

不知鸟在哪儿，可能是鸟鸣的妙手

一层层地解开雾霾的天罗地网

当我从雾霾里冒出头

我成了冬天的漏网之鱼

院坝的鸡鸭，在浓雾中啄食拌有糠麸

的玉米粒。我背着一背篼干谷草

去生产队的牛圈。父亲在劈材

一截截圆木，在斧头之下，一分为二

二分为四，四分为八……

像是生活的演义，可以无限循环

路过时，他叫我注意雾霾中脚下的霜路

不要跌了跟斗。他想提醒我

一生的路，其实有很多的未知

比如经过几道田坎后……雾霾松动

阳光开始尾随我，从天上放下软梯子

打开了几道弯曲折叠的田坎

眼前金亮，我的影子在逐渐加长

当我推开木门，阳光早先一步

明晃晃地照亮这些牲畜

比粮草更早地安慰了它们饥寒的肠胃

大山背面的积雪

时间在这里假寐，遁形
它的白、隐形的灰、无涯、阒寂、灰暗

于仰望者而言，这些积雪深陷
令仰望者绝望的巅峰之上，苍莽之上

即使语言杵着修辞的拐杖
也不能描述一座山的悲伤

我在一座大山背面的镜子
观照自己不为人知的另一面

那倔强的、永不融化的
来自生活经验的角化累积的厚痂

像一片一片的雪花
在内心垒砌成冥顽不化的悲伤

迎春记事

桂圆和红薯发出烧烤的清香

茶汤滚沸。炉火发出噗噗之声

窗外的鸟鸣在耳蜗打结

时松时紧，有时候是一个滑结

可能是伯劳鸟，也可能是乌鸫鸟

我希望是一只红嘴蓝喜鹊

我内心的骨朵，像梅花的蓓蕾

就要炸了。我在书中

等一场大雪，在一场大雪里

等一个人。我确信

他跟我网购的花灯和窗花一样

在来的路上。庭院里

妻子栽了一棵迎春，在腊梅的旁边

我们单纯美好的愿望不过是希望

梅花落尽的时候，迎春花接着开

那个时候，真正的春天就到了

人脸月亮

月挂柳梢时

我看见他蹲在墙角

用水烟声

遮挡月光的流水声

祖父是一根苦瓜

在秋天的枯藤上苦苦地挣扎

他说月亮是一个悬梁的苦胆

我记得他蹲在月光下

愁眉苦脸的样子

月光把他惨淡的一生

露天电影般投影在

东厢房的白墙上

也是愁眉苦脸的样子

他无法在月光里预演

并篡改自己的命运

也不能在月光里看清

自己丘壑纵横的面容

后来月亮落进后山的竹林

他也躺在后山的月光下

成为卧薪尝胆的人

每次想他时

一抬头，就看见了

他从月亮的苦胆里探出的

一张皱缩的苦瓜脸

暖冬

住院区楼下的腊梅开了

浓烈的香气在鼻腔

嗅觉神经小体上炸裂

病后她更加敏感脆弱了

打过吊针，放疗后

他推着她在花园里晒太阳

昨夜的霜在清晨露出了真身

又在阳光下化为无形

她眯起眼睛，千万缕金线

穿过生活狭隘的针眼

在她的周围簇集、翩跹

她苍白而贫血的脸颊

很快泛起了一朵红云

身体仿佛被病魔虚耗掏空的花园

此时似得到了来自阳光的额外补养

野河滩

榉树展开双臂的巢门，白鹳从荫蔽的枝柯飞出。

寂寞惊裂一条缝。

傍晚时分，肺痨的夕阳

咳嗽、呕吐

时间猩红的淤血。

这里充斥着芦苇和野草的家族势力。

河床裸露的岩石

有一颗对雨水绝望的心。

月圆之夜，回不到故乡的人

从荒冢走出来

在月光的衣架上，晾晒自己陈旧多年的

锈色鱼鳞

和透明的眼泪。

临渊行

潭边环绕的高大的杉林

像时光的木质栅栏

每一步都轻、静，绕潭的

影子被无限拉长

一只莫名鸟，忽闪着翅膀

在一棵水杉的枝条和我的影子之间

来回跳跃

仿佛一个青色的弹丸

在测试一根皮筋的耐心

和寂寞的弹力

我看向它们的时候，它们目光一致地

转向水面

那幽深莫测的蔚蓝里

月光转动

星星的念珠

纸团

黄昏稀里哗啦地落下金属碎屑般的
钟表齿轮的咬合之音。蔷薇坐在阳台
破铁桶的藤椅上吹着晚风
繁花曾治疗过蜂和蝶的花心。
花瓶里的塑料牡丹有一颗不凋的心
花洒给蔷薇喝水时，也不忘给牡丹喝水。

他记得筒子楼的门牌蒙了蛛网
在一次人为的毁损后，伤心的蜘蛛把家安在
邻近的刺槐与香樟的枝柯交蔽处。
最初他想成为小说家，认识一个女孩后
他只想成为诗人，昏暗的出租房充斥着
他狂热的诗歌和情书，夹杂着荷尔蒙的昏眩。
黄昏的摄影机留存了伏案疾书的他
和藤椅旁的废纸篓，熠熠发光的一瞬。

但时间证明他是一个失败的写作者

废纸篓住满了不甘和桀骜。后来他不止一次
提及那些黄昏，身体忍不住战栗。
很多次，他伸出手想从记忆的废纸篓里
捡回那些被遗弃的纸团，重新看一遍
那个被爱情和诗歌烧坏脑子的年轻人
当时有着怎样的桀骜与燃烧的热血。

在沱江看日落

黄昏像荷叶一样蜷曲起
它的灰黑脉络。群鸟落入密林
像书本回到图书馆，合上封面

江边芦苇无法收拾自身的凌乱
晚风的理发师
正在为它清洁、梳理、染烫

在江边的铁椅上
缓缓起身，我看见一条江
像多年前的那位老邮差

从一个金色的邮箱里，取出落日
递给满眼茫然
内心霜雪渐生的我

月光的羽毛

月亮的银色幔帐垂落湖的宫殿。

星辰夜游至此，洁面，稍息

流水里审视自己山壑一样的古老倦意。

恍若故人云游，杳鹤般一去不返

又昨夜托梦，言及天上事。

我们打碎肉身的瓷器

把握在掌心的月光，当作人间的信物。

流水的尽头是一句未说出的话

永不必说出。芦苇的白旗是一句

时间的谶语，一叶扁舟是一朵

摆渡过去、未来的彼岸花。

我们终会为鱼、为星辰、为流逝所捕获

走上记忆的橱窗，成为过时的展览品。

今夜的月光一次次地濯洗

我疲惫衰老的皮囊。

梦游的人，我允你透明轻盈的灵

乘一片月光的羽毛

返回我的身体与梦境。

故人疏

多年不见，她由一朵幽兰
摇身变成一朵桃花
开在小酒馆店招的桃枝上

爽朗、泼辣、利索
像所有的老板娘

媚俗的口红
喷出缤纷的瓜子壳
和芬芳的俗言俚语

驼背的丈夫
在油烟熏呛的厨房，只顾埋头切菜、炒菜
耳根夹着一支
软塌塌的香烟

她坚持免单的时候

我看见，一朵幽兰的影子

在她桃花夭夭的眼睛里

像火焰

一闪即逝

寂静之音

通常我会在日落前走完

这条生出紫烟的香樟秘径

黄昏为我划出专属的疆域

这林中领地的孤僻、隐秘

契合一个人木讷、缓慢的思索

飞鸟和流云是一种图腾

勒刻于胸膛的寺庙

幽暗的光线似神秘梵唱

灰色的鸟群在喧哗的枝叶里

无人机般起降，掷出的问题

像青铜的铭文，冷峻、费解

有时候我会半路停下来

弹去衣领和耳根的余晖

与嘈杂，抬头去看枝柯交蔽的星辰

一叶障目在我看来是一种误解

但我不能更好地诉诸

柏拉图式哲学的力量思辨

来体悟落日与自己的量子纠缠

一些光斑落在林中的空地上

毫无疑问，这些来自天上的问题

比满径落叶要深刻、安静得多

野旷天低树

夕阳是一件瓷器

被一阵突然的晚风

失手打碎

乌桕树想念

唐朝的染坊

在深秋的江畔

它一遍遍地

给乌啼的孤舟

涂上寒山寺的颜料

寂静是头庞大的蓝鲸

踩着一朵白云

在流水里

返回故乡

现在它可以

在江水放入落叶的测量仪

测一测

天空的高度

和时间的长度

黄昏笔记

如果日落之时

霞光为一座废弃的花园

涂上金色的颜料

我将在抽屉里找到

一把锈迹斑斑的钥匙

如果自鸣钟的玫瑰

赤足走在教堂的尖顶

渗出爱情的鲜血

我将举起一个黄昏的广场

它像飘浮的气球

被念旧的人

拽在回忆的手里

当落日里的狮子

走下山岗，抖动光线的鬃毛

我将看见一座时光的拱门

从黄昏降落，豁然洞开

那么多蜂拥而出的往事
像陈旧的落叶，一下子
挤满时间的枝头

轮渡

树叶如晚钟，黄昏走过江边的人

眼睛里响起钟杵的敲击。

朴树刚开出茜红的花，惊心、炫目

我想它的红一部分来自内心的坚贞

另一部分来自夕晖的熏染。

像每一个在码头等候的人

每一株江边的植物

都是一块灰色的云团，蕴涵思念的雨水。

天快黑了，远处汽笛犀利的尖叫

像炸毛的黑猫，跃上黄昏的磨盘。

视野和江面像被划伤

露出一艘渡轮的真身

恍惚像某个记忆的伤口。

天黑下来时，江面和视野平复如初。

我开始往回走，像那个迟到多年的渡客。

衍生物

瓦罐落满星光。浮尘穿过
梁上蛛网的漏洞
其实星光是我的一个修辞
它是时间，也是遗忘

祖母还是那么年轻迷人
从相框里走下来
在深夜
在一盏桐油灯下纳鞋、纺纱
仿佛在为岁月熬一副缓慢的中药

瓦罐也从一个角落走过来
拍掉满身的蒙尘
从里面不断地掏出
花生、蚕豆、麻糖和鸡蛋
劬劳和宿疾

它递给我

一个女人

草芥般的命

废墟中

风从竹林里吹过来的时候
黄昏正路过竹林寺

经过枝叶的篦子缝隙的分流
风弱了一些

路过腰斩的残碑，它弯下腰
揩去碑身上的锈末时，又弱了些

侧身穿过岌岌可危的
拱形山门，在一尊被野花簇拥的
残破的石狮面前
它停下来

现在，它已没有力气
像揩去一滴眼泪一样，揩去
它脸上的
一坨鸟粪

椭圆形的庭院

椭圆形的光柱

是栅栏的形状，也是黄昏的形状

一匹马低头吃草料，光线照亮它

颅骨上耸立的耳朵，像神的恩宠

除了它，没有人知道，每个黄昏

它那头发卷曲的旧主人，顺着椭圆形的梯子

从天堂走下来，来到椭圆形的人间

天黑后，又骑着它返回

绿皮火车

当乌桕用火焰点燃桦树的黄金

时序不可避免地抵达深秋

仿佛江河返流，归本溯源

仿佛想念一个人

只需倒叙，从头开始

仿佛一架老式柯达相机

不断地揿动快门，冲洗、晾晒、烘焙

在重启遗忘

把三维时空转换为二维画面

储存在云空间

仿佛铁轨是一架伸进黄昏的钢琴

仿佛夕阳是一个深情的演奏者

迟迟不肯落幕

在薄暮的南方小站

我一直在等待

有一列绿皮火车缓慢地停下来

有人走出月台

再次停靠在秋天

晨曲

闹铃和鸟鸣，像两道耀眼的晨光
谁先喊醒睡眠？繁星隐遁
天上人间形成一个熹微夹角
推开窗，浪漫主义的理想迷雾
像梦境在延续。现实早就醒了
街上满是贩夫走卒，引车卖浆者
构成了平庸的生活。鸟鸣和闹铃
锅碗瓢盆和柴米油盐
这早醒的人间烟火，像序曲
演奏出热气腾腾的一天的开始

放逐

大片的寒冷泰山般压下来

芦花头上铺了层雪，北风呼啸

花絮漫天飘扬，一场无边的雪

"驴进磨坊，人进苇场"

每年寒冬，这些四面八方汇聚而来的

芦苇刀客，自带镰刀和磨刀石

他们不是武侠传奇里

快意恩仇的英雄

他们是一群底层小人物

都有迫不得已的苦衷，都是为了生活

像一群北去南归的燕雀

寒冬聚，春节散

像候鸟一样准时、有信

但确有例外

其中有一只失信的鸟

叫漆阿贵，在三十年前，他哀鸣着

在一场大雪里飞入芦苇荡后

再也没有飞出来

消失的边界

大路朝天。石头躬身大地

岁月和脚印让它承受了双倍的重

两旁荒野开垦出来，粟粱棉麻

四季轮替。粮食饱腹，袍服蔽体

时光殷实。有时候黄昏

神在天际打铁花

晚霞溅落田间地头

神祇赐福。裹着头巾的农夫

放下手中的锄头，遥望地平线

一条鎏金大路，一直铺设到人间

那触手可及的海市蜃景

清晰又模糊，深刻又虚幻

那一刻，时间消失了

他像被神点过名的人，灵魂

走出肉身，在晚风中战栗不已

断裂

一首诗到这里卡住了。语言的枯寂
堵塞了文字的泉眼。生活的枯寂
更让人不堪，深夜我仍然听见冰雪中
抱在一起的折枝落叶之声
铝合金瓦棚冷收缩的金石之声
水龙头结冰变成哑巴。一天的大雪没停
一冬的大雪没停。我睡意全无
想到落叶会在春天走回枝头，变成红芽
完成一个又一个轮回。我知道
命运所有的馈赠，已暗中标好了价码
其实不用沮丧，断裂和卡顿是常态
人生也会生锈，词语用旧了
生活和诗意是两回事。一首半截的诗
接下来的表述，都有狗尾续貂之嫌
写完这首诗，我将回到床上，关灯
为失眠的黑夜，搭建一座睡眠的桥梁

清晨记

天还没有完全放亮

寒冷在昨夜修炼出霜的形状

水龙头有液态的冷

也有固态的锋利

他胡乱洗漱后，出了门

踩着蒙蒙亮的天光

踩着路灯投下的白头霜碎影

一夜霜冻，在一阵低低的呜咽后

摩托车突然发出一声轰鸣

像炸毛的野兽。排气筒翻滚出

一团浓烈的黑烟，像苦闷的情绪

在左冲右突中找到了阀门

沿着法桐曲折的林荫道

凛冽的生活把一个人

引领到具象的工地

在到达之前，毫无例外

他将在途中的一个早餐点

用一碗热气腾腾的豆浆汁

就着几个粗大的馒头

宣告一天的辛劳即将开始

那扇古老的窗

麻条石垒砌的古街
因长久的磨损而露出
坑坑洼洼的风化相貌

街道两侧的三角梅、水仙
朱顶红和蔷薇汹涌翻滚着
绚烂、艳丽、大红大紫的花朵
仿佛一条开满鲜花的河流
流淌在时光的河床上

那个簪花的汉服女孩儿
倚在二楼的花窗，露出半张脸
多么忧郁、古典
眼睛里含着一潭烟愁

看见她的时候
总感觉她的身体里住着一个明清的女子

看得久了，总感觉那个明清的女子

会从她的身体里走出来

向我打听，那个三百年前

走失的人

丁香花

鸢尾花盛开的又一个五月
一条幽僻的路
把他带回过去

她还是那样美丽、年轻
嘴角微微上翘
一丝不易觉察的微笑
像是揶揄
时间拿她毫无办法

他蹲下来，喃喃自语
像风一样擦拭她的脸
他没有办法像她一样
微笑着面对这个悲伤的世界

一场滂沱大雨
打湿了她的脸，也
打湿了她的丁香花

一盆柴火

一些事物隐匿不见，必是害怕咳嗽流泪
浓烟熏红往昔的眼

一些事物即使燃烧，也不见得痛快
最后露出端倪，给出答案

我不关心远在天上的事物
比如星光和白雪。梅花开在人迹罕至处

探梅需微醺，故人一二
煮茶需柴火二三，鼎足倚立

需一些念旧、一些温暖
建构一个幽微通道，供人间出入

冬藏

野旷天低，这些野柿子树
还在苦苦支撑，越来越寒冷的冬天

忙着赶路的人，只在偶尔饥渴时
才会摇动粗粝的树干

被忽略的大多数
是自然的无尽藏

鸟雀和虫蚁们，都舍不得
将它们一次吞噬干净

它们在枝丫和果肉之间
筑起隐秘而幸福的窠巢

野溪畔的下午时光

我已消磨掉大半个下午，就像
我已度过大半个毫无悬念的中年

突然的荒芜，突然的野溪
都叫人惊讶，就像半路上杀出的
对着命运，丢过来的一把板斧

未来人生的诸多改变
多年以后回想起来，也许
在野溪畔的下午，就已悄然发生

我愿意待在这样的一个下午
白云和野花是命运
丢过来的另一把板斧

此后我常常在书房打坐或发呆
像多年前野溪畔的那个下午

我真的成了另一条野溪

没有来去，无意义地流淌
我真的相信，在该重逢的地方
我们一定会再见，在该离开的时候
我们一定会离开

边界

围住一座大山的，譬如溪水

譬如盘山的柏油马路

不着边际的事物，譬如白云

随心所欲，逾越人间的萧墙

幻化出万象

在山顶你发现身处云海，一座大山

冒出脑袋，溪水和公路被白云收买

你成就了一座山的海拔，被白云改变的人

站在山顶上，重新定义了边界

芦花记

与其说是迷途，不如说是秋天
把我带到了这里。更客观地说
我陷入了时光精心设计的包围圈
白茫茫的芦花把我抛了起来
我从未见过
这么渺茫、柔软的抒情
如此没有边际，却又如此有力量
让一个路过的人
心甘情愿，瞬间白头，身陷其中
成为这白茫茫的秋天里的一根芦苇

孤悬

所幸并无大碍，一颗流星眼看着

从我的头顶坠落。我伸出手想要接住

一架飞机留下的轰鸣声

犹在耳蜗回荡，却踪迹全无

流萤有迹可循，在夜间游荡

它飘浮的路线忽左忽右

其实再小的光，也让人感动

风穿梭不休，露水还不曾为草木洗漱

晚安之后，这些孤悬之物，并无睡意

还在以自身的闪耀，成全一个人的仰望

秋月记

羚羊挂角之时，霜在江畔和秋风一起
磨刀、磨枯苇、磨鸪啼

流水一段一段的，在排队，在奔赴
在月光下集体告别，并非无情无义

我知道枯木不再新生年轮
文字再古老，也有不断衍生的新义

茶水运转芬芳的磨盘，我忽生喜悦
信步闲庭外，去觅一处桂花落

我深信，凡润澈剔透之事物
必定清香四溢，无论天上地下

必定有如猛犸象牙尖般
果冻样质理，带着血丝，至纯至真

白露庵

鸹鹕和蟋蟀模拟管弦
落叶模拟飞天

再过些日子
它们将集体噤声

秋深后，青褐色的僧袍
变成枯荷色

白露庵的小尼姑
观音堂前，把木鱼敲得梆梆响

檐角斜挂的月亮，铜锣般地跟着
铛、铛、铛，响了三下

像是回应，又像是回音
山门的梅花

还是没忍住

咯出血来

秋到云居山

岁月增长了我的怀疑

我不能确定一棵老檀还在爱我

还在开白花结红果

柏树、黄角刺槐、白楠集体奔赴

向云居山致敬，出于念旧

流泉绕山三匝，鹋鹑绕树三遍

野草潦草至极

我们都不讲究时间的寓意

也不探究秋天的奥义

在云居山，秋天的一小部分的光

隐居在岩层的断面

一部分在落叶的跌跌撞撞中擦伤

秋风的邮递员送来寒凉的云朵

这时候落下阴影，折射出

云居山内心的苍茫与无奈

一座不大不小的山丘，蜀中无名

守着内心光芒所折射出的阴影

跟一个无名诗人的写作一样

有些懒散、寡淡，陷入平庸的落叶

秋

庭院里挂果的植物有枸骨、金弹子、老鸦
柿、贵人海棠
噢，我喜欢贵人海棠的累累硕果
喜欢自然而然的瓜熟蒂落
它每天都落下几颗
我每天都去捡食两颗
剩下的
留给鸟雀和虫蚁
噢，是的
它们跟我一样
都会有浅秋的丰收
和浅尝辄止的快乐

大寒日出普州城登云居山

回首时
普州城已摔门而去

从半山腰爬到山顶，越来越吃力
像中年到老年，人生不断衰竭的履历

让人眼前一亮的
不止山巅上的白茫茫的大雪

还有古寺钟声激荡
枯枝和腐叶模拟人间的苦难

白雪和红梅争相怒放
开得尽兴之时，半空垂落鸟鸣如钩

仿佛人心愁苦的衣裳
终须有个高处的挂靠

雨夹雪

一些迷蒙幻象，像怀疑的人生
左摇右摆，细雨纤毫柔弱，冰碴儿细小琐碎
吐出飕飕的寒气
针尖般穿透减速玻璃

即使白天，也有至暗时刻
让人费思量
让人难辨东西。雨刮器反复刷去的
我也在眼睛和心里一遍遍地将其擦拭

国道上的路标指示牌
像人生的导师，严厉而冷峻
其实，迷途者
自有迷途的方向
而指点迷津者，往往来自天上

赶在一场大雪到来之前

我还有足够的时间，调整方向盘和油门

我还有足够的时间，感恩老天爷给我的

雨夹雪的过渡经验

在新年的钟声里

时间不疾不徐，空气软糯寒湿

霜意沾染裤腿

枇杷在冬季开出素雅的小黄花，香气柔嫩

像婴儿攥紧粉红的小拳头

我把一年的光景用旧，一人的悲喜用旧

不明不白地折叠自己又一年

用完所有旧词新义

一瓶酒喝了一口就烧心，一个人爱了一半就难过

那些落光枝叶的植物朋友们

看似穷光蛋，却暗自隐忍、坚毅

默默地积蓄能量

伺机萌芽、吐绿，开出人头地的花

在新年的钟声里，一支香烟，一半入肺

成为生活的黑斑和病根

一半缥缈在半空

成为春天里理想主义者的云朵

山居之美

拐弯处遇见蝴蝶，它的翅膀上

托着两朵山村的白云。溪水肥美

我小心地绕开一丛山茱萸

躲避几只黄鹂，芭蕉发出

绿油油的光芒，风携着它到处跑

榔榆一落完叶，就萌出米粒大小的芽孢

我明白燕麦不需要胭脂，素颜朝天

就可以完成自然的演义

绿豆荚已熟透，无人处籽实迸裂而出

野枇杷滚圆、金黄，枇杷叶不断地卷边

阳光日日都是新的。歪着脑袋

时有野叟蹲在石头上抽烟

像一块更小的冒烟的石头

立春

父母有养育之恩，时光有新生之义
长跪不起的人，手抚墓碑
坟旁的垂丝海棠每一朵红
都认真。乌云半路出家，像浪子回头
大地和母亲都寂寞，他们都需要
一场感恩的雨水和泪水

旁白

再过不了几天，老鸦柿将

落尽果实

一棵树的处境让人担忧

这些椭圆形的浆果

布满雀斑、芝麻大的污迹、虫洞

……血肉正在萎缩

北风马不停蹄地赶来

鸿雁天空悲鸣不已

一声比一声尖锐，像滴血的响箭

毫无疑问，这首诗将浮出水面

呈现在你的眼前

你看到的是

表面的老鸦柿、北风、鸿雁

你看不到的幕后，我想要表达的是

时间不愿放过的东西

我愿意

用一首诗歌的悲悯，替它求情，续命

访友贴

相见恨晚是高山流水的事

走过一山又一山。徒步的

慢是有趣的事。山水由春风染色

只此由青而绿。阳光有再造之义

山水有知遇之恩。偶有迷失

桃李蜂蝶皆可问路。我流连于花满蹊

犬吠如断句。枯燥的生活终有出头之日

昨日之日，我深感厌倦

也不愿探究明日之日，意欲何为

你却还在乡间，做春天的大王

栽桑植梨，养鸡饲鹅，筑墙修篱

仿佛人世才开始，热情无知无畏

你热爱凡俗。如果遇见你

我不写诗，也不提花鸟事

我只是觉得，春天是个访友的好日子

流逝

怀念的最好方式是找一个锚点
缘记忆的天坑攀援而下

溶洞空空如也，仿佛时间也疲倦
石幔、石笋孤僻而生，地下河只剩河床

双手如桨，迷惘中探索未知
在每一处分岔岩壁上标记

生命的尽头
不过是原路返回

这些标记在每一个路口都记得我
给我刻舟求剑般的安慰

冬日

古普州冷落成一个地理名词
像我一样耿耿于怀的人
不多了
冬日更甚。蚕虫蛰伏于
一本丢弃的毛边书。木门寺镌刻在
文庙的半截残碑里
用隐隐的木鱼撞击我的耳门

我理解这种孤独，特别是冬日
我也理解
这种苦心孤诣的惊喜

有人经过长途跋涉，手执一枝梅花
一边弹落袍子上的雪花，一边
出现在你的面前

补锅记

铁锅漏水的时候，我五岁大
第二天的早集上
补锅的摊前，围了一大圈
比我们更早、更迫不及待的人

那么多的铁锅、铁瓢、铝壶
锡缸、锑盆，排成行，堆成堆
像门诊里排着队，等着被救治的人
它们跟我们一样
都是病人，都是面有菜色的人

炉火熊熊，那个一边拉着风箱
一边津津有味地啃着芝麻饼
满头大汗的小男孩
跟我差不多大。我咽了下口水
偷偷地拉了一下妈妈的衣角
我希望她给我买一个
跟他一样的，五分钱的芝麻饼

侧柏

向左的一枝迥异于
向右的。一枝茂盛
一枝凋敝，像记忆的不对等
我深知翠绿缘于乔木的本性
而非炫耀。纺锤形的柏果
像是为纺车量身定制

每年冬至，祖母握纺锤的手
握起镰刀，砍下
这些翠枝枯叶。这个时候
低矮的烟囱就会冒出
腊肉的柏香

一些往事，烟熏火燎
一些时光，永不起锈
在灶台的挂钩上荡悠，油光发亮

空椅子

那些枯藤已经返青

楠竹回到南山

汗渍、烟味和茶垢回到搪瓷缸

一个人让枯朽的身体回到

一套补丁摞补丁的蓝布中山装里

一支英雄牌钢笔，书写意味强烈

发出蓝黑墨水的清香

刚刚别到左上方的口袋里

旧时光便落进旧时代的知识分子的

宽大的裤兜里

你颤巍巍地起身，乜斜着老花镜上的余光

颤巍巍地落座，椅子发出吱呀的应答声

这是时光心灵契合的应答

你一直在重复着

这个动作。事实上

空椅子从未曾空过

于淑珍的春天

废弃的元坝缫丝厂的春天

依然是于淑珍的春天

简陋的筒子楼里居住着

二十年前下岗的工人

还在用蜂窝煤煮饭

他们习惯去厂房旁的古井里取水

喜欢用淘米水浇灌窗台上破瓷盆里的

几株绿油油的蒜苗和香葱

自闭症的大毛子

在某一天的春日午后，突然冲出筒子楼

在楼下的院子里追逐一只猫

手舞足蹈，嘴里呜啊呜啊个不停

于淑珍在后面撵

母子俩和一只猫围绕院坝

兜着圈子，一圈，又一圈

暖融融的阳光尾随他们仨

仁爱又慈悲，温柔地把他们的影子

一会儿打开，一会儿折叠

旧雨靴

相较于又滑又湿的小学记忆
更让我印象深刻的是
高年级同学的恶作剧式的陷阱——
人设的深坑，表面饰以杂草松泥。

三哥几乎没有这样的遭遇
他穿着一双又大又旧的雨靴
鞋面上有两块神气十足的青色补丁
像一双洞穿陷阱的眼睛。

这双雨靴是大哥穿旧的。
妈妈说："你三哥上初中后，
这双鞋就是你的了。"

两年后雨靴出现在我的脚上时
这双旧雨靴
又增加了两块红色的补丁。

两块红色的补丁，像两颗闪闪的红星

我佩戴着，在风雨中

无所畏惧

往返于"敌人"的封锁线。

指间沙

一个有洁癖的人

一个眼里容不下沙的人

一个用力攥紧手中沙的人

一个用尽全力爱的人

并非两手空空

这些消失的东西

多年后又回来了

在眼睛的白内障里

在胆囊的结石里

那个用尽全力爱的人

也回来了

在梗阻的心脏里

他做了白内障

切除了胆囊

但他拒绝了心脏搭桥

他要把爱的人

带到坟墓里

薄暮

五分队到四分队，也就是
谷丰村到狮子村，不远
隔着五道田坎、三处水井和一条小溪

我和父亲，隔着一片薄暮
走在打酱油的路上
攥紧五毛钱，我的手心沁出了汗

黄昏最终落脚在四分队供销点
破旧的店招上面，金晃晃耀眼
甜蜜的光线，像嘴里的水果糖
不断地融化、缩小
直到成为一个记忆的核

由于甜蜜和紧张
我把酱油
说成了醋

缫丝厂

清流河从不想见证什么

它依然穿厂而过

把厂区分成南北

把时光分成过去和现在

即使缫丝厂已经荒废很久

月光却不曾用旧，月光不会

对倾圮的厂房吐露微言

繁华和寂寞都不能打动

时间的铁石心肠

我下岗三十年的姐姐

年过花甲，从来闭口不提

如果不是残缺的右手

空荡荡的袖筒

人们很难想到她曾经是

一个时髦的、心灵手巧的缫丝妹

在一个月光皎洁的晚上

轰鸣的缫丝机突然失控

命运对她张开了

阴森森的血盆大口

银杏谷

这些落叶成全了它们的诗意，所以
现在它们是寒枝、寒树和寒山

踏秋者喜欢提及美，提及重彩油画
而忽略了植物的自然属性

山谷铺满了金箔，是秋天设下的计谋
眼下的富贵繁华似南柯一梦

但还需要点缀蛱蝶纷飞
还需要清洗文字的人，用流水弹奏高山

银杏们早就知道，所以它们彼此孤立
又保持基本的遵循与默契

把夕阳这件发光的衣裳
从谷顶穿到谷底，再折叠进大地的衣橱

独行者

黄昏的磨盘缓缓地转动

一些暗物质抖落

晚风用清漆涂抹天空

我用沉默的橡皮，擦掉

几座山尖、几道坎坷

夕阳落山，星辰轮岗

一条河流不能停止流淌

一颗星星不能停止发光

它们彼此照耀，相互辉映

一个天上，一个地上

我是它们之间的独行者

我不能停下来，我是它们之间的

隐秘的接头人

陪着一条河流散步

夕阳还有余烬，西天的锅鼎烧得通红

我陪着一条河流散步，流水追逐暮色

暮色追逐人间

水流急时，暮色也急，我就走得快些

流水缓时，暮色也缓，我就走得慢些

夕阳燃尽时，一座大坝，让我们不得不停下来

经过了青年、中年，至暮年

现在我面临的困惑

跟一条河流一样，该何去何从？该如何总结

这戛然而止的一生？

渔火

流水追逐夕阳，没有多久，就放弃了
我在岸边，看一江清水，怎样演绎近墨者黑

鸬鹚收工，喉管里卡着一条鲇鱼
可能是一天的薪水，这取决于渔夫

我也在发生变化，也可演绎近墨者黑
但我不愿意，我对漆黑的事物心存警惕

如果我打捞起星星和月光
把渔火种进身体，会不会通体发光、透明

做一只萤火虫，携小马达的光，即使不移动
光是待在岸边，也可以把一个人的黑暗点燃

向晚的渡轮

经霜的芦苇随口吟诵出

几只白鹭

红枫用黄金撰写黄昏

来不及拥抱一个离别

又目送一江流水融入天际

当我停下，凭栏处

苍山在远处走动

芦苇窃窃私语

几只寒鸦在头顶的天空研墨、打旋

当我起身，它们定在遥远的黄昏，一动不动

陷入黢黑的沉默

这时一道猝不及防的汽笛声

打开了这黢黑的沉默的闸门

同时也暴露出隐藏在暮霭中的

同样沉默的

忧心忡忡的

一艘渡轮的真身

天上的事物倒影在人间

天上的事物倒影在人间

流水是流逝的一种具象

我赞同喧哗，也不反对沉默

我相信蛙鼓和蝉鸣

不舍昼夜地倾吐满腹块垒

当它们说完时

一个夏天的绿皮火车轰然驶过

江水有时清澈

有时浑浊，但到了夜晚

我们如何甄别清浊

桨声灯影的唐人宋事

又从古老的天上重返人间

白纸黑字的毛边书

存封在久远的斗橱

我白天遗忘，夜晚回忆

月光漫过两岸，晕染宣纸

忍住悲痛的人在用力

人间的悲喜它从不书写

它只冷眼旁观，高高挂起

黄昏

一个平常的黄昏路过窗户
像恍惚的气球，正在泄气

我用锤子把一截截枯木
整齐地敲进泥土里

小院的篱笆漏风有些年头了
是到了该修理的时候了

我气喘吁吁，抬头看一眼夕阳
身体的光，正在一丝一丝地抽去

山谷

浮世的时光一旦落入山谷
就化身为渔樵、闲云、野鹤和耕读

滚石有厌世之心，半途上遇见
幽深孤僻的崖舍，住着不知名的野花

它并非无名。它清修的生涯
可能有短暂的中断

它们是否用眼交流，用灵感应
探讨一生的意义？

到达谷底时，它是否中途
改变了轻生的执念？

我从山上下来，不知命运何为
像一朵野花，一块滚石

身后是阵阵手执令牌、枷锁

穷追不舍的风

抵抗和治愈

工业园区的璀璨灯火

和夜空的星星，层次不再分明

混为一谈，互为彼此的镜中影像。

风弓着猫的步伐，无声地滑过屋顶的瓦片。

月亮像被押解的犯人，在天空的黑森林里

露出半张潦草内疚的脸。啊，你不该这时

在我的脑海中显现。我爱过的人

我枯萎的垂丝海棠，渗出的血

像夜色一样漫过街道。

每一段回忆必定是一堵高墙。

台灯昏蒙并非我意，清醒亦非我愿。

你落座在旋转书椅的身影，那么轻，那么透明

像一只白色的幽灵。柠檬味的香水

飘入我的肺叶、床单、烟丝、失眠

和我几乎就要哭泣的缄默不语。

这么久了，你给我的痒和痛

像一枚金色的勋章，别在皮肤的血肉上，豁然占领胸口。

这沦陷，必将继续。

我不肯服一粒扑尔敏和消炎痛，借此抵抗

和治愈，你带给我的瘙痒和伤口。

雨夜

透过时光的窗棂
更多的雨水走进来
与油灯交换了更多的光

一定有雨中盛开的杏花
落在院坝清凉的碎瓦片上

"如果早一点或晚一点
就好了。"祖母喃喃自语

她那褐色的老母马，颤抖着
在一道闪电的尖叫声中
诞下马驹

星空

晚风在白鹳的睡眠里
一点点取回白日沾在胸羽上
的光斑的时候

我坐在屋顶，像浓厚的夜色里
趺坐的一块石头

我看见星星拿着闪光的錾子
像个古老的石匠
在我的身上雕琢、打磨

我起身，像刚成形的雕像
抖落了满身石屑似的星光

构树

白云一阵小跑。从秋天跑到了冬天
在一棵构树的头顶，停下了脚步

红色的浆果，一旦落下
渗出的浆液，将染红虫蚁的嘴唇

那时还没下雪，对于南方
严寒是一个偏僻的词

甚至还有阳光
暖暖地倾泻过来

他手扶竹梯，抬头望向她
构叶像时光逐渐从箩筐底浮上来

幸福像阳光在他们之间
落满光影的尘埃与虫蚁

最后的苦瓜

一场秋雨后，院坝腾起的水雾
是一层肉眼可见的寒凉。瓜藤上叶子
落得差不多了。
一些水珠在瓜架上
跳来跳去。如果相遇
就抱在一起，一头跳下去。

她佝偻着腰，站在竹架下
抖抖索索，摘下枯藤上的
最后的苦瓜。

空杯子

时光开出的空头支票
不可能由一片落叶兑现

隔着透明的玻璃围栏
我们彼此打量，相互救赎

我像另一个空杯子
时间很久了。侘傺是第二片落叶

两个杯子之间
幽暗的密道正在落成

时间的传送带
把两片落叶缓缓地彼此呈现

谁也不肯捅破
这侘寂中正在成形的秋天

隆恩村

落叶的扳手不断地收紧秋天。

每个傍晚，隆恩村准时把我抛在水塘的枯苇边。

那时苇花正在演绎雪，还没有像雪一样飘起来。

绕塘环行，迟滞、缓慢，我思考的一些问题

在背后推着我前行。

黄昏在不远处，是一只引路的老狗。

偶有黑色的野鸭，在一只漂浮的塑料瓶下

冒出乒乓球般大小的头颅。白鹭掠过水面

看见水中的自己，像是肉身找到了灵魂。

我一圈圈地走过自己

不断地拧松身体的螺丝。

有些问题探索到最后，真相令人绝望。

从小县城到乡下，像是一种逃避

更像是从生活的暴风眼里抽身而出。

我安逸于这置身于风声之外的时光。

这些年来，我一直待在这个僻静的村庄

写诗、看书、喝茶

遛一只名叫石头的狗。

出口

妻子和风都是闲不住的
风追着落叶撵一只猫
麻栗色的斑驳光影，一起落在石凳上。

妻子和小院都在拒绝萧瑟
紫薇凋零已久，庆幸的是
花墙上的蔷薇开了。

昨天种青菜，今天又倒腾着
在紫薇枝干上嫁接蔷薇。她用一种绽放
修饰一种凋敝。

整个上午，她一丝不苟
一些美好的事物
正通过某种隐秘的出口
走进她中年日渐松弛的花园。

一根圆木

一场大雪杂糅一根圆木的呼救声

传进了耳门。木材加工店门口

两个拉锯的工人，上下左右地拉扯

起起伏伏的铁锯，不断地抖落猩红屑末

一根圆木断成几截

当我路过时，我还看见了它在尖叫、挣扎

寒风把雪花吹到脸上和脖颈上

我的手冻僵了，脚也冻僵了

走过了很远，我依然感觉得到它的尖叫、挣扎

是一把锋利的锯子，在我的身体里反复地

锯个不停。身体抖落的

猩红屑末，纷纷扬扬，像雪花一路尾随

向低处俯视

沿着熟悉的道路。暮晚路过

山顶的黄葛树，比我外祖母的年龄稍长

今日以后，它会更加年长。而我的外祖母

年龄将不再增长。其时

正值落叶季节。树下小庙的石檐上

铺陈了黄叶，像一些草纸。庙内的菩萨

由山下的石匠錾刻，粗糙、世俗

像乡亲淳朴的内心信仰，不用精致的修饰

只需要一个粗犷的表达就可满足

像一个亲人，只要在世，就是幸福

落日磨缺黄昏。几只乌鸦

在树上聒噪，我不记得

它们对着我说了些什么。反正

我觉得有些怪异，风吹得我的后背发凉

山下的村庄，隐隐

传来一阵阵哀乐，铙钹声和

鞭炮声混杂，像两股绞绳揪紧我的心

河边高高的竹竿上，挂满了长长的

招魂的纸幡。刚到村口

我就忍不住哭了起来

倒影

寒冷加重了冬天金属质地的
硬度与密度。江水因滞重
而停止了奔涌

用旧的一天，一只白鹭收起
水中的自己，落入芦花的窠臼

直到新一天的清晨
几个踏雪而来的冬泳者
用铁镐凿开冰面
在流水的镜子里，他们惊讶于
一只白鹭的倒影——
用旧的，冰心玉壶的前世

忽而春暮

"红上面的白",她又在胭脂上扑了

一层粉。清晨,在一阵鸟鸣的催促下

起身。小院里花已落尽

微凉的风在高大的桉树尖

找到了栖身的鸟巢。鸟鸣在继续,枝叶的葳蕤也在继续

一些花修成小小的佛,坐在枝头的龛窟,接受人间的烟火

暮晚,黄昏的光线和突至的雨点弄乱了

她的精致的妆容,慌乱和后悔

终止了她对一个人的藕丝般的思念

五月断章兼致子美

蔷薇的花瀑在草堂倾泻

翻卷黄金的五月

早发夕至的锦官城

一个帝国在复活

但愿温润、和煦的蜀地时光

能够弥合和疗愈

一个伟大诗人的困顿和颠沛

在浣花溪边

但愿他窥见了水中升起的

两只黄鹂掠过的

一座雪山的倒影

像月光的宝塔

能够镇守住

这偏安时光里的波浪

我写一只白鹭

黄昏比流水踌躇。芦花弥漫出

倒春寒。河中裸露的岩石上的

一只白鹭，我把它比喻成

一艘帆船的白色翅膀

或褐黑色的桌面上的一个

亭亭玉立的宋瓷。一只白鹭

在我的赞美里栖息。我的母亲不这样认为

她认为生活高于诗歌

她更喜欢鹅，每天清早

她赶一群鹅下河滩

暮晚的时候，在岸边的杂草丛里

她总能捡回又大又白的鹅蛋

"不像白鹭，把蛋下在高高的樟树林"

竹笛

春笋像顽童般在我记忆的
山间跑来跑去。刚下过一场雨
鹁鸪和戴胜在新生的竹枝上弹跳
起落之间，嫩枝像皮筋承受了
伸缩的张力。这时吹过一阵风
竹林里浮现出一些人隐藏的脸
像竹叶哗哗地走动、交谈
我知道空气里有一面悬浮的湖
搭乘一艘竹叶的小舟，如此轻盈
我几乎回到了童年的春山，植物的
回忆充满了时间的韧性和弹力
阳光那么轻，我知道
一道雨后的彩虹像一座
跨越时光的古老石拱桥，正在成型
许多人走下石拱桥，回到竹林
惟独我取出镰刀，削一根竹枝
制成竹笛。哦，我将再次吹响

一支竹笛，用我失而复得的

满心的欢喜

暮晚的寂静

苇丛里藏了

鸦雀、灰鹭、苇鹋和白鹳

夕阳在金色的鸟鸣里折叠起

流水的蜀绣

我看见暮晚的寂静

在落羽杉十米高的枝头

跳水

溅起的水花

在一株鸢尾花喇叭形状的绽放里

回忆过去

群山像巨大的犀牛

它一口吞掉夕阳的金色披萨后

又把头埋入水中

开始舔舐

我彻底黑暗下来的寂静

观湖

算上落日与白鹭

观湖者不过三

流水把黐黐的油彩

泼在我的脸颊

白鹭用翅膀的游标卡尺

测量湖水顷刻间的精确起伏

我的恍惚与湖的暧昧

如出一辙

堤坝抽刀断水

把孤独一分为三

我们各自领取一份

黄昏缓慢自洽

万物被湖水消音

湖面悄然耸峙

一座湖水的金字塔

正在形成

我们是鼎立的三足

有各异的侧面

又有一个相同的塔尖

朝阳湖

六月的瘙痒在紫荆上崭露头角
一夜之间树身长满了疙瘩

睡莲肚脐上的露珠被蜻蜓点亮
咯咯地笑出声来

微恙何足挂齿
沿途风物皆可治愈

在朝阳湖荡舟

青山赠我止痒丸一枚
月光赠我清凉油一盒

夕阳之下

透过铁丝草的网格栅栏

蟋蟀望见的黄昏有限；云居山的则多

它坐在晚霞的金色大殿里

与麾下的众峰谈笑风生

用夕阳的酒盅痛饮佳酿。

金钱松藏不好内心的倦鹤

与自由主义者——风，构成鹤唳。

我藏不好悲喜的犄角

也懒得理论。在夜幕降临之前

暮色中漫步、茗茶、读诗，光线半明半昧

我觉得是最好的人间，下一秒

它将关闭电闸，熄灭引擎，敷上黑色的面膜。

无限

七月流火，开门见山，推窗现月

云居山白天有烧灼之昏眩，夜晚有蚊蚁之噬痒

从普安寺菩萨的慈悲眼观万象

松柏悬坐巉岩蒲团，手盘之字形的流水

当它流经我的脚下时，我躬身取一壶

用来烹茶、养月、煎药、熬字、占星

浇灌心头灌丛般茂盛的鸣蝉，为思想流萤安装汽车马达

为远山润色、生岚、剪枝、修须

弥合内心参商，两袖生出清风……

是啊，心静是一件凉快事，品茗是另一件

我能把控的。壶里无尽藏

它玲珑的壶嘴，飞泻出无限可能

和大海下一盘棋

一艘沉船已腐朽，灯塔废弃
月光晒成了盐。

黑腹滨鹬是前哨，寄居蟹是暗哨
弹涂鱼进一退二，它们身先士卒。
这些大海的对弈者
无一例外败下阵来。

在海边，我像一座孤岛
被浪花拍打，无意中窥见
泡沫是浪花挤出的空隙。
无数的泡沫前仆后继，用破裂验证虚无。

那时我也是一枚高开低走的棋子
被命运的手指高高举起，轻轻落下。

白露

蛙鸣击鼓传花，把箜篌
交到促织和螽斯手里时
处暑已拂手而去

蒹葭在江边半遮面
是个旧人，月也养羞
它秋藏了大部分
光芒。千呼万唤
才肯露出一弦真容
让我抒情。这已足够
我已没有奢求
它经过我的时候，流水也经过我

我也不敢苟同
几个江边的夜钓者
通过一根丝线
和水下世界建立起隐秘的磁场

又在岸边架起砂锅

我还做不到

像烹小鲜一样

写一首白露诗

孤叶

流水的宴席散了
秋风是个铁面判官

先我而生的去了
后我而生的去了

只剩下孤零零的我
悬于时间的枝尖遭罪

如果天空那只孤雁
再悲鸣一声

我就会不再犹豫
一把抱起它的悲鸣

从这个枯干衰老的枝尖
一跃而下

小镇记

父亲在院子里不断地转动天线

黑白电视机的荧屏

在一片雪花抛洒之后

呈现出模糊的八十年代的声电光影

深秋的雨水用缓慢的时光

在街巷麻条石凹陷处

形成无数清浅的水洼

踩着水花，巷头的银杏树

用金黄的落叶记录了

一个懵懂少年的足迹——

巷尾的阁楼上，暗恋的姑娘

没有推开轩窗，抛给我

一个绣球，或者给我

一个值得纪念的伤口

在巷尾的古柳下，我彷徨又失落

直到雨水把黄昏搅拌得像雪花般

模糊均匀的黑白电视机屏幕

我才跌跌撞撞地回到家里
手里的折柳，失魂落魄
像刚从灞桥分手的离人

清晨

黑暗的旅途把我们带到

一个熹微的站台，如果黑夜是

一列火车的话。崭新的一天

带来雪花膏的润泽，我们的粗糙

人生将获得短暂的湿滑。如果昨天

是一个陈旧寒臼的话，我们能否

破壳而出，成为一个崭新的自己？

聆听山谷鸟鸣吹拂清风

改变一股气流移动的方向

静观一片树叶的舒卷

微细脉管里，新鲜汁液似江河流淌

如果一只羊向我走过来

开口说早安，它一定忘记了

昨夜的暴风雨。那么我们要祝福它

如果辗转的命运是

一列火车的话，它已驶出黢黑的

漫长的隧道。我们从疲惫的车窗

探出头去，迎接第一缕阳光的洗礼

肉身和灵魂一片空白、轻盈

感谢上帝，崭新的一天

一切都来得及，我们重新开始

积木

得承认人的一生，大部分时间是无聊
且无趣的。我们一直在垒砌
一座积木的宝塔，脆弱、敏感
摇摇欲坠。穷尽一生
我们不断地重复垒砌的动作
刚开始兴致勃勃，一个宏伟的
构想让我们兴奋，后来
不断的垒砌和无休止的重复
让我们倍感疲惫，趣味索然
生活带来了更多的意外
命运却不能推倒重来，我们
根本停不下来，我们
一直不断地重复垒砌的动作
直到时光把我们变成一块积木
垒砌成一座宝塔，然后
在摇摇欲坠中提心吊胆
不知哪一天会轰然倒塌

中场

夕阳落在半山的石亭。我停下来
我不再羡慕高处的流云
绝壁的崖柏、秘境的白鹿
我不用担心，天黑前，它们
各有各的去处。辛苦你们了
一路陪我上山的野花与飞鸟
我们都有些疲惫与厌倦，做人
辛苦，我想做草木飞禽
亦是。向下是返回人间的路
向上是高耸入云的雪山，缺氧
高寒，不适宜低海拔的人间
我们就此别过，别管我
我只想在亭子里坐一坐
喘口气，喝口水，再想一想
接下来的事，我可能继续上山
也可能跟随你们，一道下山

秘境

这里你从不曾对人提过

这里不需要知识和教养

而是依靠自觉和本能。山水万物

是原始的模样。你童年时来过这里

你有一株苜蓿的简单和一只

云雀的欢快。你未曾启蒙

不会形容和描绘这种美

也不会生出觊觎之心

所以它们接纳了你的幼稚

和初心，并把美呈现给你

你也为它们交出了最新鲜

最拙朴的自然感受力

现在你有些伤感，你知道

不可能有第二次去那里的机会

即使假装，你也不可能再

像一株苜蓿或一只云雀，秘境重现的

快乐和简单遥不可及

它可能就是童年虚拟的一个梦

现实面前，它不堪一击

但是很久以前，梦就醒了

闲人

吃罢午饭，在阳台发呆

像另一朵人间的白云

止息了跃跃欲试之心

窗外的那棵银杏树

经过了春天和夏天，来到秋天

现在它也想过清风白云的生活

它不停地删减自身的累赘

落下白果，金黄叶子

远处的水田里，只剩下

一茬茬收割后的稻桩

还沉浸在丰收的余欢里

收获的幸福属于农夫和鸟雀

我什么也不想干

无心做功课，也无心擦拭尘埃

像立秋和处暑的缝隙间

多出来的一个闲人

路人

有些夕阳落在废墟

要翻越时光的围栏

才能看见从前的孤独

而时光的围栏

一直在长高、变宽

我已无法翻墙回去

我只能像只倦鸟

衔着一团疑云

借着月光打探

一个旧人的音信

像萍水相逢之人

你一直在虚幻中

作为我的一个错觉

而孤立存在

风一直没有明确

该往哪个方向吹

云在我头顶氤氲

形成小范围的气候

有时投下灰色的往事

有时落成滂沱大雨

小情歌

绕着椭圆形的广场环线

影子陪着我漫步

它一会在身前，一会在身后

你没有陪着我

绕着椭圆形的秋风，一圈一圈地

数朴树落下的黄叶

经过我的月亮

没有去年那么圆

它离圆满，总缺那么一·点意思

蝴蝶

又一日将尽，流水在此刻
变得缓慢，在一处坡地坐下来
不再辨析时间的清浊，风的急缓
落日的余光在眼皮上雀跃

草原开满了野花
灿烂的事物有极致的美
那些翩跹的蝴蝶，不谙人间烟火
一颗斑斓炫耀之心，在风中高蹈

在坡顶，黄昏伸手可及
我不能相信，又一日虚度
我也不能相信，当花朵枯萎
一只蝴蝶就会堕落风尘

发光的拐杖

可惜了一丛野花
开得灿烂，无人欣赏

可惜了一阵风
吹去了一些尘埃，又吹来了几片落叶

可惜了月光
照一丛野花，照一阵风

照空椅子上，被吹去了的一些尘埃
又被吹来了的几片落叶

照空椅子的一生
照它三条腿的影子

可惜了没有一个人
在月光下走过来

轻轻地坐在它的身上

像一只发光的拐杖

秋的约定

浮云不断地变换流水的补丁
升降椅起伏着思念的高度
旋转让我产生小剂量昏眩

暴雨在深夜拖着回马枪
思念像狂暴之马，千里奔赴
破壁而来。我不能总是这样倚窗
默坐，茶不解饮，酒不解忧

夏天即将过去，暴涨的雨水
创下新的水位线。时光泛滥
我不能让自己，溺于往事
不能呼吸。我也不能变成一条水藻
随波逐流，授人以柄

我们应该在秋天，洪水退去后
修葺护栏。像两片坐在秋风里的树叶

该落下的时候，就落下

该遗忘的时候，就遗忘

透明的绳子

我曾经手搭凉棚，登高望远
现在我经常反剪双手，佝偻、迟缓
在小区里踱步。衰老是一副镣铐
月光是解差，一路押解
我这颠沛流离的一生
我承认，它是时间的有效组成部分
我的卑谦、寡言、无措和懦弱
是另一副镣铐。我像一个认命的粽子
被五花大绑，丝毫动弹不得
我承认，有一根透明的绳子
在我的身体里，穿插、打结、收紧
留下时光的无形的勒痕

良药

一场风雨，来自季夏漫长的边界
石棉瓦上的鸟雀，叼着自己
湿淋淋的羽毛，在诗歌里避雨
苹果树下，零落散乱的果实
让人又爱又恨，借助于风雨
有些青果等不及，离别
是一场饥肠辘辘的疲惫的旅行
我不能弯腰捡食一颗果腹
一截青枝晃动，枝叶布满水珠
它在等一颗提前离开的苹果
我也在等，我有过类似的
切肤之痛。好在这一切都会过去的
以我过来人的经历，我想告诉它
时间这剂良药，会治愈一切
且永不失效，只要我们不要
好了伤疤忘了疼

永眠之日

树欲静，风不止，昨日的流水
走着今日的线路。从前的芦苇
白着明天的头颅。

此际，栖鸟落入旧巢。此际
夕阳毫无新意可言，落叶乏善可陈。

黑暗无需赞美，睡眠请勿打扰
像一封旧信，所有的字迹
突然起立，为一团模糊的墨迹默哀。

有人在赶来的路上，强忍悲恸
不放出一滴眼泪。没有人看得出
她曾深爱过。

在飞机上

除了引擎之音，人们陷入
沉默的时光隧道。

从人间出发，飞机钻出云海时
天堂迫在眉睫，人间已不知踪迹。

舷窗外，云朵是神性之物，
我庆幸拥有一朵，伴我短暂飞翔。

我清空皮囊的累赘、沉重之物
神明清澈、轻盈。

在天上飞，一个内心堆满
世俗块垒的人，是危险的。

致陌生人

从麻林沟到跳墩河，过河转右
到谷丰村，不会让你失望。

村口犬吠，你不必介意
它们是刀子嘴，豆腐心。

你空空的瓷碗和褡裢
很快将被稻粱、麦粟、黄豆填满。

你的疲惫，将获得回报。
大黄葛树下，你歇一歇，喝口水再走。

树下的小庙，菩萨会保佑
每一个受苦的人和善良的人。

坐慢的时光

谁也不要叫我，天还没有完全黑下来
黄昏的狗不要乱吠，陌生人是贪恋暮色的人

秋天在漏风，身体在漏风，堵都堵不住
填也填不满。我的晚霞用旧了，流水用旧了

灯火你不要安慰我，斑鸠你不要催促我
我都那么老了，老到牙齿都要掉光了

我就想一个人，坐一坐，天还没有完全黑下来
远处的黄连树，我也愿意过去和你坐一坐，一起发呆

我也愿意，让你把一身的苦水
从头到脚，从根到叶，重新向我倾倒一遍

你看黄昏多漫长啊，我们屁股下的石头
和心头的苦，都生了根，长了苔藓，天就是黑不下来

青蒿

傍晚一个接一个地度过，秋风对他爱答不理
我想他需要一个门槛，需要一个黄昏的台阶

祖父老年痴呆
记不起远的和近的事情

一场又一场雨水，没有一场是认真的
世事无常，青蒿枯了，青蒿绿了

村西头的乱坟坡，一人深的青蒿丛里
野斑鸠一只接一只，扑棱棱地往人世飞

他一遍遍地讲述，一次次地露出微笑
他看见那些借鸟身还魂的断肠人，回到了故乡

苹果

循着风中传来的芬芳气味

几株野生的苹果树

把我引到这条荒径的尽头

树下落满的果实是虫蚁的天堂

我确信一定是在我之前落下的

当然在我之后，还会落下更多

但是现在，它们在枝头悬吊着

内心惶恐。原谅我给了它们不安

我不会攀枝采摘。原谅我在树下

站了很久，我希望会有一颗

熟透的苹果打头落下，然后带回家

馈赠给你，并且告诉你

我用了一个黄昏，拥有了

一颗秋天里成熟的甜蜜的苹果

甘蔗

我每天都会去看看

庭院里祖母栽的甘蔗树

我数过，一共九棵

刚开始，葱绿的剑叶包裹全身

在成长时，一件件褪去绿衣

从下往上，一节一节的甜，初露端倪

祖母叫我不要急

让我一节节地数数，数到十九的时候

秋天就到了，我的甘蔗树也熟透了

苹果

苹果就要落尽。采摘的力
和万有引力，谁更胜一筹？

昼夜交替，众星宿出将
入相，哪一颗更接近永恒？

我削着苹果，不急于大快朵颐
星光朦胧，我望向天穹

另一颗星球上，有一个平行的我
正在削开一层层薄薄的果皮

像削着一个旋转的星球，星屑缤纷
那遥远而缓慢的光末，溅入眼帘

夜读秋山

淋漓的雨水加速了暮色
风刮过好几场了

雨水是大写意
风是披麻皴，还是斧劈皴？

群山走过来了
把我围在中间

是雨水的捆绑
还是诗歌的感召？

我是请它们进来喝茶
或抚琴，还是避而不见？

我犹豫难决，秋天深了
一个人的萧瑟

跟群山相比

太寒酸了，根本拿不出手

中秋月

不断有桂花溢出黄金的药钵

香气泛滥出言外意，一封玉壶

冰心的书信在途中快马加鞭

一棵树即将进入冬眠。短暂的告别

是一次秋天的献祭。月光不停地慰藉

跌落凡尘的事物。离别另有隐情

文字衍生新义。月亮照亮树尖的

黑面皮空巢，它悬吊的孤独

是一个古老的驿站，它坚信，一封玉壶

冰心的书信正在途中，快马加鞭地赶来

访鹤记

这匪夷的秘密不为人知

那时芦苇叫蒹葭

睢鸠是一种古鸟，许多事物未曾命名

白雾起于湖水，终日不散，游鱼飞禽

来自《山海经》。在一本古书里

君子头顶大雪，借景抒情或托物言志

偏偏没有提及鹤。但并非无迹可寻

依循文字，我找到了一种营造古琴的

方式。这让我欣喜

我日夜斫桐、制琴、习曲

我深信，很快我就会逆时光洄游

到《诗经》的源头，用琴声召唤一群仙鹤

虚谷

淡然，澄明，源于一种对自身的内省

我怀揣一座秋天的虚谷

迎着山背面吹过来的风

绕过半生的落叶，从上往下走

风无意吹乱草本花白的头发

也无意解开杉樟的衣衫。它们是我经历的一部分

也是见证者。天空不再高远神秘

蔚蓝是一种未曾实现的理想

云朵缥缈，是诱惑的鱼群

跃过龙门。我承认，我做过的各式各样的梦

有的变成云，有的落成雨

有一座坡底的虚谷在等我

现在，我走在一条下坡路上

像荡漾的涟漪，越来越缓，最后趋于无

收割机

看见它在广阔无垠的麦海
劈波斩浪，发出欣快的轰鸣
经过我时，它牛哄哄的
屁股上，冒出一股股浓烟
巨大的轰鸣声，迫使我捂紧耳朵
后来我渐渐长大，离开故乡
在嘈杂的都市，我常常沉默
听力迟钝。也常常感到
一台收割机，一直在我的身体里
奇怪的是，它经过我的时候
我再也没有听见，那种因吞噬
而发出的轰鸣之音

山楂红了

山楂红了。

路过秋天的麻岭坡。

风有不同的版本，最后均趋于凉薄。

我站在树下，难以安慰。

树上的一只鸟

嘲哳乱鸣

它对我抱有警戒，心存芥蒂。

哦，我只是个行者

形神疲惫

讨几颗野果、一掬山泉充饥。

春天有一些念想

还来不及实现

秋天就到了。风催促我

继续赶路。

我不可能像一只鸟

把家安在树上

守着一棵山楂树

用尽一生的真情。

在乡下，月亮是一块磨刀石

小时候，月亮有时是一块磨刀石

有时是一把弯刀。当我们对着它比划，祖母说

它会在梦中割我们的耳朵

在蛙鸣四起的月光下

我们磨镰刀、磨童年、磨流水。时光越磨越薄

记忆越磨越亮。蘸口水擦拭锋芒

我们也曾为岁月所伤，手指划破，滴出鲜血

后来，大哥去了广州，三弟留在重庆

我在普州。三把镰刀晾在异乡

各自生锈，各自弯曲

雨季产生的事物

池塘小满则溢。雨水至少变换了

三种身姿。一截朽木上的白鹭，也跟着

至少变换了三次姿势。每一次潜水、起飞

长喙里挣扎着的鲫鱼

最清楚，也最绝望。我或许是

另一个绝望

雨季里闭门沉思。像沮丧的瓮器

不可避免，生出霉斑。一些词语

本应该依靠脚力冒雨

遍访青山。我却仅凭想象

在书桌前写下一首与之关联的诗

毋庸置疑，词语和修辞湿气炽盛

新生的霉菌和蘑菇

让一首诗注定成为另一截朽木

窗外

傍晚七点钟，迷雾否决观景房

我否决自己：躺在酒店，观赏云海落日

高反让远处的几株水杉

头脑昏涨，眉目模糊，在迷雾里恍惚

不知有多远。落地窗前，峨眉花茶的一缕清香

稍微平复我远来的疲惫的失望。夜半

一场雨水敲打玻璃

我几次起身，望向窗外，疑神疑鬼

清晨醒来，再次望向窗外，雨水是雨水，迷雾是迷雾

像两个互不打扰的世界。我意外于

那几株水杉，湿漉漉地经过一夜的跋涉，从远处

走到了窗前，眉清目秀了许多

光阴祭

民国的雨水停在半山，几十双草鞋像咸鱼

停在石栏杆。石亭算是一个安慰

上下青石板小路停在记忆里打滑

你仓皇如惊鹊，衣衫湿透，第一次赶集

买卖全泡汤。泪水和雨水，你拧不干

这是祖父讲给父亲的掌故，我已不可能亲自聆听

一个时代的雨水已经下过了。往事越洗越清晰

你卡在钟摆的某个节点，不上不下

有些懊恼、愧疚。几十双咸鱼似的草鞋

还挂在时光的石栏上，等待晾干

磨滩湖

枯水期，磨滩湖露出一座古桥
和一座古庙的遗构

桥墩还在，柱础还在，錾刻的云纹还在
龙尾尚存，龙首却不知去向

鱼跃龙门的人
回不了明月的故乡

我站在潦缩的湖底，内心荒草丛生
我不敢走近，我怕看见

那走过拱桥，庙里进香
不再回来的人，是我的先人

我也怕有人拉着我的手
泪流满面，向我打探流水中的某个人

青崖

傍晚进山，沿着青石板山道
夕阳很快落进了深山。雨后的桢楠
神采奕奕，叶面发出青绿的反光。
粘在晚霭里的鸟鸣再次流畅、婉转
但很快被溪水疏散。我们一行三人
在晚晴的曲径，逶迤而上，林翳幽深
斑斑点点的稀疏夕光，落在脸上、身上。
暮色降临，月亮还未升上来，乔木和灌木
虫声和鸟鸣，界限不清
构成了这夜色。我们踩着彼此加快的
心跳、呼吸，终于登顶。月亮也升上来了
它那橘黄的影子投射在对面的
一块镜子似的垂直青崖上，像摩崖的佛陀
头顶背光。一些返折的光打在
我的头顶。我像被什么加持，虔诚又慈悲
这大概是我此生最接近神的一次。

雷阵雨叙事

滚雷夹杂闪电

暴雨裹挟疾风

汹涌而来

廊檐下我们一家人

廊檐上燕子一家人

挤在一起

成为听雨的听客

我们躲在母亲的怀里

获得了暂时的安全感

不用担心明天

父亲神色忧戚

雨终于小了些

他放下烟锅

在鞋跟磕出烟灰后

起身取下墙壁的蓑衣斗笠

去给秧田放水

回来时

一根柳枝上

挂满了

活蹦乱跳的鲤鱼

一片亮瓦

一朵云透过一片亮瓦，影子
从东墙移到了西墙，清晨到黄昏
顺时针的钟脚滴答不停

有时候是月光，一片亮瓦
抖漏阴晴圆缺，把细小的悲欢
洒在祖传的八仙桌上

有时候是暴雨
裹挟电闪雷鸣，情急之下
一片亮瓦就会松动，时间就会战栗

雨水拍打檐沟，落叶遮蔽仰望
世界一下子暗了下来
仿佛天塌了

松动之处，往事倾漏，外面大雨

家中小雨，堂屋很快就挤满了雨水

天一放晴，父亲上房检瓦
清扫落叶，擦拭尘垢，一片亮瓦更亮了

更让我们惊喜的是
一片亮瓦的左右，新增了两片亮瓦

此后，诸多模糊晦冷的往事
一下子温暖明晰起来

一面残存的古墙

一群人在墙角低徊
不知作何感想？但别试图以己度人

不可妄议，凭空臆测
鼠尾草摇摆的方向，是一种投机主义

向一面残存的古墙致敬
向破败、顽强、缓慢的过去致敬

世道自在人心，你也可以说是顽固、迂腐
抱守一段残缺的旧时光，死不松手

我们在墙下留影，匆匆离去，以兹反证
一个极易坍塌、崩溃的新纪元

低处的飞翔

一夜暴风雨让低处的事物

措手不及。这些坠落之物有

瓦片、茅草、落叶和塑料

它们一个比一个轻

一个比一个飞得远。第二天

祖母花了一个上午

清理庭院。到天擦黑时

两根棕树叶编织的绳索

牵着一左一右，飞得最远的两只山羊

被一大早出门的祖父，带回了羊圈

远足

密林中隐藏一条荒僻之径

荒废的时间，不可考。无名植物不可考

石生苔不可考。崖滴水不可考

桑梓和明月不可考。三个小时后

我们现身于荒芜之境，头戴鸟鸣

手执一根枯枝拐杖，成为密林中的一员

三个小时前，我们还在讨论股市、房价、就业

现在我们像一阵山风

穿梭在这条废弃的密径上，像个荒芜之人

身体装满了懒散的月光和落叶

雨后

我说不出天空和村庄谁更寂寥。

一些雨水夹杂着尘埃成为千百股浊流

分别在大地上流淌，或急或缓。

没有人去关心它们的命运。

一些磨眼里的水，沿着磨盘缓缓地渗出

一匹时光的骡子还没有停下蹄子。

檐沟的雨水，还在顺着瓦当滴落

这些滴答滴答的声音

以前被我忽略过，其实它们一直在

也落满我的人生。看似漫不经心

却是煞费苦心。以前我不相信

现在相信了

门廊下的青石板布满了大大小小的凹坑

这是时间的手臂，用雨水的錾子

千百年来，一锤子一锤子地凿下来的。

崖壁上的花园

野百合在解构黄昏，石上莲

在红花苣露珠的镜子里，观照自身

这面鲜花盛开的崖壁

不再是一个深渊的纵切，也

不再是一块巉岩的侧脸

这里野花清丽、脱俗，有些

根本叫不出名字。一个人

站在崖底，双脚沾满生活的泥

崖上有很少的阳光，打在他的身上

没有鸟鸣。他需要抬头

才可能看到

这面崖壁上的花园，如果

孤独，也许会看到半崖的

一棵罗汉松，以及塔顶的

一只孤鹤。而孤鹤

像一个人的花园，深藏于

内心的崖壁

声音

傍晚，犬吠声、牛羊声、鸡鸭声

一下子涌进了谷丰村，尾随而至的

还有蛙鸣和蝉鸣、清风和明月

几只麻雀弹奏暮色，几个起落

在几棵白皮桉树之间接力往返

最后在一根电线桩的喇叭上落定

突然响起的广播，让它们惊飞

让我们安静，站在院坝，众多的声音里

那个叫张丽萍的播音员的

清秀的声音挤了进来，占领了我们的耳朵

那时的跳蹬子河，芦苇还没有染白头发

一场雪还在赶来的路上。整个村庄耸起座座谷垛

像黄金的宝塔，构树的青果正在变红

我们未曾离乡，不识愁滋味

童年在各种声音里悄然流逝

多年以后，我确信这些声音是天籁之音

是村庄馈赠于我们的珍贵的礼物

一生中，仅此一次

迎夏

在世袭的领地

水草与鱼虾

迎来一年一度的茂盛与鲜美

一只白鹭用警戒的歼击机般的

完美俯冲的掠影

成功狙击了

一只秋沙鸭的觊觎

我等待着一首夏天的诗

词语多么像

水田里自由滑动的

木盆里的秧苗

对一双布满泥浆的手之等待

这个时候我走出书房

在一首诗的

必经之地，在黄昏

在蛙鸣四起的

池塘，等一阵修辞的风

带来蟋蟀的黄金麦浪

寒露贴

红花荀子和白花荀子都一样

结血红小浆果。金弹子由橙黄变橘红

我喜欢它们提着袖珍小灯笼

秋天很大，人世可以很小

词语越温暖，寒意就越少

泡过红枸杞的菊花茶

我一饮再饮，也一再写下

芦苇夜夜在江畔守着露珠

在它凝寒成霜之前

暴露了满身的飞絮和月光

西岭雪

西岭突然就放下了世间万物
大雪以一种白茫茫的覆盖教育我

往往是无声的寒冷，渗透骨髓
往往是孤舟荒废渡口，任意西东

我荒废中年，旧灵魂抒发新感慨
西岭早已白头，文字早已用旧

不可雪中登高楼，不可思念故人
我替一行白鹭敛翼，收拾旧山河

捋平颏下白须，像江边白鹭
用细长的喙梳理兼葭的白发

春风生

只有我是个闲人，嘴里叼着根蓟草
仰卧在绵软草地温润的腹部
明晃晃的光线把蓟草照得透亮
当我转动草茎，春天也随着转动
田垄整葺一新，农人忙于耕种
春天从来没有让我失望过
我双手枕头，颠着二郎腿
看白云擦亮蓝天，春风生出羽翼
阳光在每根草茎的血管里喷涌而出
我缓缓起身，像一只孔雀，轻轻地
打开了尾巴上的翎羽

青苔

解冻的溪水潺潺地从我的左手
切换到右手，头顶是
遮天蔽日的枝蔓翠叶，透其而下的
绿色天光又从右手交换到左手
鹧鸪叫不叫我的心都是温暖的鸟窝
得承认由于柔软，我手执竹杖上山
得承认巉岩的另一面
为了看起来柔和顺眼
它们硬朗、骨气嶙峋的皮肤
覆盖了一层翠绿发亮的苔藓

小寒

小寒漠漠，充盈了瘟塌的时光
流水是偏旁，雨是部首
一撇是古人
一捺是今人
横生枝节的不只腊梅浮动的暗香
还有一座驼背的石拱桥
它消耗了千年的风霜，现在
还在消耗着流水
它的倒影
是个月光下吟诗的古人
高古、清癯

即使苔藓暗生情愫，伸手挽起勾栏
它们有一起投河的执念
而乌啼聒噪，抖落青衫千年霜雪
河水也不再荡漾。铜鉴覆冰
迷蒙、模棱两可

照见一个良人

正牵着一头毛驴，缓过拱桥

盛夏

盛夏在六月的灌木丛怒放

连翘在滚水里变身清热良药

云居山不用空调

白云和森林是天然的防晒霜

没见过磨滩河出汗

但一定是口渴至极

沿途喝了那么多的小溪流

还不解饮

在高粱场

又一头扎进沱江

荒丘

符合灵魂的偏僻性和孤独性
杳无人烟。草木叫不出名字最好
我们本是无名之辈，这里的
风也是野的。春天来得迟
去得早也无所谓。·
植物开不开花都
随心所欲，时间的散漫主义
令我欢喜。再无人打扰
我来这里，像是来对了
清空了一切
也放下了一切。
一个馒头一样的荒丘
一个坟墓一样的荒丘，让我像
一个游魂，找到了栖身之所。

晚安

花朵的嘴唇属于露珠
星空属于仰望的人

语言的梯子搭在时光的灰烬里
你不曾拥有的，我也不能拥有

任日月如梭，我们纺织流水与
棉布，梳理衰老与枯萎的头发

我们所爱的太短暂，所表达的又
词不达意

黑夜的绑腿又长又湿
你永远都拆不完

孤独不单单是一盏深夜的灯火
抱歉，我没有爱万物的余力

也没有保护好一个孤独的灵魂

经常是道一声晚安后

我仍然挂在天空，辗转反侧

不闪烁，不坠落

秋风疾

落尽枝叶的楸树
跟删除形容词的诗句有什么区别

一个人风中的趔趄
跟一条小巷的转角有什么关系

拣尽寒枝不肯栖的白鹤
跟秋风有什么关系

对于真正的美人
所有的首饰，必定是多余的

山水笔记

绝壁把风景镂空

一朵诗辞里的雨云

是它反弹的琵琶

撩拨出铮淙之声

总有上山的人

把一条绝路

走成绝句

布衣灌满风声里的鹤唳

他想用清泉之水

濯一濯帽缨

瀑布指甲盖那么大

古柏像根火柴

他也想伸手拿过来

叠入衣袖

但这是个意外

他刚打开手掌

攥在手中的古寺

又跑回了深山

并掩上庙门

琴瑟枯寂

无人自鸣

发出弦外之音

也写到雪花

天地巨大的磨盘在缓慢转动

碾压雪花的事物

雪花也将其反噬

埋葬万物于无形

那些汩汩冒出的

炊烟、雾岚

山泉，脱口而出的话

全部僵硬，成为静止的

悬浮的名词

如果用手指敲一下

就会冰棱般纷纷骨折

大地还在转动

内部发动机轰鸣

齿轮暗中交错咬合

北国的列车

雪花擒住铁轨

陈旧又生出新意

旧车厢装新雪

再插上几枝梅花

折叠山河多么令人惬意呵

那么，我们踏雪

去国思乡，怀念故人

在零摄氏度徘徊

看这些雪

落满我的不惑之年。看一只

无家可归的麂子

落荒而逃

那么，无辜的雪

请允许我，用来颐养微恙

清洗皮囊，旧篇章

在荒诞的生活里，留白

嘉陵江

江边打太极的老叟

寒冷几乎将他冻成一尊雕塑

只见他的左手

顺水缓缓地推出一叶扁舟

右手分开野马的鬃毛

其实孤舟是乌有之物，野马

也是想象中的壮怀激烈

它的仰空长啸

是江畔赤壁坦荡，料峭生风

一座鸟巢

高悬、孤危

大江是匹安静的野马

锁上了暴躁的蹄子

我奇怪植物也有攀比之心

芭茅效颦芦苇，比起满头新雪

它略逊一筹

它们是汀州的旧主人

消磨着旧时光

而鹭鸶、白鹤，只负责浮光掠影

或者惊鸿一现

现在，它们疏于诗意，萧瑟山水

一直没有露面

现身的几只野鸭，像墨汁

被我不小心溅落

弄脏了一幅好画，一江清流

就此被辜负。我有些沮丧

浓雾像眼疾。中年混沌、龌龊

容易生出错觉。做一个精彩看官多好

嗑瓜子、看山、听水，品茗隔岸观花

怀古吊今，平心而论

人一走茶就凉，曲一终人就散

醉酒的竹匠

他是竹忽略的部首

也是它偏安的惊鸿

月亮是横生的逸枝

让夜晚昭然若揭

一些暗影墨迹变淡

水痕宛然

真相如失去压力的弹簧

一节节地向外蹦出

中空。

外直。

枝叶伸手解开衣衫

但苦于没有风

不能发出玉佩的铮淙之音

他头脑闪耀出星空

扯着大小漩涡，像陀螺

旋转，并用自身的毛笔

荡开水墨

一圈圈地书写醉意

他用东倒的山竹撑起西歪的身体

月亮

是他的另一支碧翠拐杖

醉意大于头重脚轻

他跟跄着与生活摔跤

绊倒后又一次次地爬起

最后一次，他不再爬起来

命运早就画地为牢

这个醉酒的竹匠

竹竿作枕头，月光当棉被

他知道第二天一早

不只是阳光，还会有笋子

脆生生地拱出地面，顶一头欣喜的露水

在树林里

有一阵子，我听见了鸟鸣

根据声音，我觉得是戴胜

构树觉得是斑翅山鹑

这不影响，我对一棵树的好感

继续往前，我看见了一丛蕨

我认为是鹿角蕨，清风说是凤尾蕨

我们都没有足够的证据

来说服彼此

停下来的时候，我闻到了花香

是马兰花，我们异口同声

这一次

没有异议，包括构树和清风

误区

一张茶几，两把椅子——主人椅和太师椅

茶换过几茬，雀舌、大红袍、班章普洱

皆不适意。想象你坐在对面

紫檀又生出小叶红芽，于是又爱一次。

再看一遍西厢记，以为古典爱情不过如此而已。

以为烟花三月下扬州之人，必是怀鹤之人。

我养灞桥柳，养如亭荷花，预置了离别。

过往皆是误区。余生除了等待，尽是忧伤。

穿林记

深林不断地掏出我的

童年斑鸠、少年鹿鸣、青年花豹

我一会儿变身蓝腹鹇

一会儿变身长尾雉，在林中长鸣

哪怕做只松鼠，也不会在意灌木和

乔木的具体区别

我也会嗖的一声，钻出树洞

露出中年长长的尾巴

满眼惊喜地扑向

一颗刚刚坠地的松果

寂寞的山脉

白云突然变乌云，天空白转灰
没有过渡和铺垫，耿直的自然如是
戈壁荒滩一望无垠
一条柏油路通往天涯。

山脉镶嵌金石的坚毅与冷血
连绵起伏的波纹
黛青色的时间写生。

从阿拉尔到塔里木，岁月粗犷
我满脸尘霜，风尘仆仆
路过这些寂寞的山脉。

我惊诧于它的寂寞
至纯至真，没有植物，没有飞鸟
也没有雪山
像一种绝望，拒绝了命名和拯救。

傍晚

凤仙花声色并茂，递给我指甲大小的斑斓的果冻

绣球是灌篮高手，不断地把球形蔚蓝投进眼眶

把廊檐下的多肉搬进院子

掐去旁生的枝芽，天就要黑下来

多余的欲望要修剪

横生的情节要理顺

我已到了认命的年纪。每一个傍晚

我用池子里的水浇花，用花瓣喂鱼

再剪一株蓓蕾

插在书房的瓷瓶里，我坚持相信

它会代替我，完成一首诗的绽放

孤岛书

同样的方式，白头翁用过无数次
花式飞翔不能减少一座岛的孤独
鹦鹉螺螺旋形的塔尖
小心地避开天空的惊雷
塔内肉身白皙细嫩，蜷伏如灵魂

说不出谁更古老、沧桑
大海鼓捣波涛，一遍遍地摇晃海岛
孤独不可撼动，波浪的沮丧
白头翁见过，鹦鹉螺也见过

蝉鸣

擅鸣者藏拙，隐忍不发，不可
貌相。柳林是演艺中心
青山是乐器行
风买了把口琴，与流水咿咿呀呀
像小学生。鼓腮鳍者在水底
练习二胡，水面是一层消音器
空气是第二层。蝉不一样
一个夏天霸占着演艺中心，用光了青山的乐器

图书在版编目（CIP）数据

月光的锈迹 / 于波心著 . -- 海口 : 南方出版社，
2024. 8. -- ISBN 978-7-5501-9166-2

Ⅰ . I227

中国国家版本馆 CIP 数据核字第 2024A4M825 号

月光的锈迹

YUEGUANG DE XIUJI

于波心　著

责任编辑	高　皓	
特约编辑	王美元	
装帧设计	WONDERLAND Book design 仙境 QQ:344581934	
出版发行	南方出版社	
地　　址	海南省海口市和平大道 70 号	
邮　　编	570208	
电　　话	0898-66160822	
传　　真	0898-66160830	
经　　销	全国新华书店	
印　　刷	三河市双升印务有限公司	
版　　次	2024 年 8 月第 1 版	
印　　次	2024 年 8 月第 1 次印刷	
开　　本	787mm×1092mm　1/32	
印　　张	9	
字　　数	172 千字	
定　　价	79.80 元